D0776064

Einaudi. Stile Libero Big

Giorgio Faletti
Tre atti e due tempi

Einaudi

Tre atti e due tempi

a Beatrice, Linda, Sofia, Valery,
Virginia, Filippo, Orlando e Tibor
che vanno verso il futuro.

Quanti ne hai visti e quanti ne vedrai
di giocatori che non hanno vinto mai
e hanno appeso le scarpe a qualche tipo di muro
e ora ridono dentro a un bar...

FRANCESCO DE GREGORI, *La leva calcistica della classe '68*

Prologo

Quando arrivano loro tutto deve essere a posto.

Loro sono lo Sparviero, il Bambino, il Capo, lo Straniero, il Taciturno, il Nero, il Talento, lo Sfaticato. Sono il Tatuato, il Ragioniere, il Bravo Ragazzo, il Puttaniere, il Marito.

A volte l'Omo e il Dotto.

Ci sono anche quelli a cui non ho dato un nome.

Sono ragazzi che stanno salendo con l'eccitazione negli occhi e nei ragionamenti, uomini che stanno scendendo con la delusione nello sguardo, altri arresi alla consapevolezza di avere raggiunto il massimo loro consentito.

C'è chi si accontenta, chi morde il freno, chi non si rassegna.

A volte, quando li sento arrivare, quando li sento imboccare il corridoio e parlare tutti insieme, mi pare che le voci si mescolino e trovino tutte unite la forza di superare il tempo, di estrarre dal passato altre voci che sono a tratti rimbalzate fra queste mura basse e sotterranee, prima di andarsene insieme agli uomini che le contenevano. Qualcuno lascia un buon ricordo, qualcuno un ricordo cattivo. Qualcuno solo una camicia dimenticata nell'armadietto.

Poi ci sono gli Altri.

Arrivano e scendono dal pullman guardandosi intorno, curiosi come se non si fossero mai trovati prima in un posto come questo. A volte hanno l'aria prepotente dei forti, a volte quella dimessa degli ultimi in classifica. Ogni volta hanno una maglia con colori diversi. Anche fra di loro individuo i nomi e i caratteri, da come si muovono, da come parlano, da come stanno zitti. Da un'altra parte, in un'altra città, in un altro spogliatoio, vivono le stesse situazioni, mandate a memoria dall'abitudine collettiva e da piccoli singoli rituali. Lo so bene, perché una volta ogni quindici giorni siamo noi a essere gli Altri.

Io sono in giro da trentatre anni, giorno piú, giorno meno. Sono fra i primi ad arrivare e fra gli ultimi ad andarmene. Per forza di cose vivo defilato e i riflettori emanano una luce che non conosco. O meglio, che non saprei riconoscere. D'altronde, dove stiamo noi, le luci sono un poco piú smorzate, le grida d'incitamento un poco piú rauche, le scritte sugli striscioni sporadiche e con poca fantasia.

È un mondo fatto d'erba, di calzoncini macchiati di fango o di verde, di righe tracciate con la polvere bianca, di olio per massaggi, di calzini bagnati, di ferite e infortuni. Esplosioni di esultanza, urla d'incitamento, grida di rabbia. Bestemmie di cui a volte si capisce l'intenzione ma non il significato, perché sono dette in una lingua che non conosci. E, nonostante le pulizie accurate, nell'aria rimane sempre un leggero odore di umido e sudore.

Questo è il calcio, in genere.

Questa è la Serie B, in particolare. Quella dove tutto avviene di sabato.

Per tanti una giornata qualunque, per altri una giornata speciale. Per qualcuno, una di quelle giornate in cui le streghe non balleranno invano e in cui paiono avverarsi le profezie.

Sono passati trentatre anni, giorno piú, giorno meno.

E anche per me, oggi, è arrivata una croce.

Primo

La città, da sempre, aspetta.
Sono i cicli morbidi della provincia, dove tutto arriva con calma, da fuori. Una volta era la ferrovia, poi sono arrivate le automobili, la televisione, l'autostrada e ora Internet.
Ma il senso rimane quello.
L'attesa si è fatta solo un poco piú ansiosa, l'orgasmo un poco piú precoce.
Ci sono ancora dei bar e dei perdigiorno, persone che hanno i soldi e persone che esibiscono soldi che non hanno. Ci sono parole vuote e discorsi pieni di parole, che sovente hanno lo stesso significato. La faccia al sole contende con tenacia spazio alla faccia in ombra.
E viceversa.
Qui, come in altre città simili a questa, in realtà Facebook è sempre esistito. Contatti fatti di sussurri, sguardi, cose dette di fronte e fatte alle spalle, sedili ribaltati, sesso frettoloso con addosso i calzini, matrimoni, separazioni e ancora matrimoni. I ricchi con i ricchi, i poveri cristi con i poveri cristi. Solo la bellezza è una merce di scambio in grado di sospendere questa cadenza e sovvertire i pronostici. Il pensiero è concentrato e diluito, rarefatto e rappreso, noncurante e permaloso.

Tutti dicono questa città di merda.

Quasi nessuno se n'è andato e quei pochi che lo hanno fatto prima o poi sono tornati. Chi per esibire il successo, chi per leccarsi le ferite. E per spiegare agli altri e nascondere a se stessi i veri motivi per cui non ce l'hanno fatta.

Si ritrovano a parlare della loro vita e della vita in genere nello stesso bar in via Roma o in piazza della Noce, dove le facce conosciute sono sempre di meno e i figli degli amici sempre piú grandi e sempre piú numerosi. Insieme, vincitori e vinti, perché la sconfitta e la vittoria hanno in comune in ogni caso una personalità e un vigore. Gli altri, quelli che vivono esistenze in pareggio, hanno facce, vestiti e auto anonime. Stanno da altre parti e sono gente piú da cappuccino che da aperitivo.

Come me.

Questo è piú o meno quello che penso ogni volta che attraverso la città mentre vado o torno dallo stadio. Potrei fare la circonvallazione e metterci molto meno, ma ogni volta mi faccio prendere da una specie di fantasia migratoria e scelgo un percorso fra case, negozi, auto, gente a piedi, in bicicletta o in scooter. Qui l'ora di punta non è mai troppo acuminata e si può viaggiare senza subire furti di tempo. Ora che le rotonde hanno sostituito i semafori e sottratto al mondo una valida occasione per cacciarsi le dita nel naso, tutto scorre abbastanza fluido, salvo quando l'età o la stupidità sono al volante. A volte le due cose coincidono, come per me in questo momento. Oggi mi sento molto vecchio e molto stupido, per le cose che ho fatto in passato e quelle che devo fare ora. L'esperienza è una cazzata, una cosa che non esiste, un bacio che non sveglia da nessun sonno. È utile per cambiare una lampadina o imbiancare una stanza o prendere un gatto senza farsi graffiare.

Per il resto, è sempre la prima volta.

L'esperienza serve solo a capire in che modo si soffrirà o quanto soffriranno le persone che hai vicino. A renderti conto che, come quando ti fai la barba, sei solo con il rasoio in mano davanti allo specchio. Ci sono ferite, anche se piccole, che non smettono mai di sanguinare.

Un tipo su una Bmw dietro di me suona il clacson e urla dai finestrini aperti qualcosa a proposito di un vecchio rincoglionito. Penso di essere io, perché non mi sono accorto che la fila si è mossa e sono rimasto piantato con la mia monovolume in mezzo alla strada. Un tempo sarei sceso e quel tipo, finché non gli avessero rimesso i denti, avrebbe mangiato solo crème caramel e purè di patate.

Ora non è piú quel tempo.

Né io sono piú quella persona.

Ingrano la marcia e annullo la distanza che si è creata. Seguo il traffico che a un certo punto si divide, regolato al bivio da uno degli ultimi nostalgici semafori. È verde, per cui niente dita nel naso. Prendo per via Segantini e mi lascio alla sinistra il fiume e il quartiere oltreponte, cosí popolare da non meritare nemmeno la maiuscola. Ci sono brutti palazzi dai colori sbiaditi e dai mosaici improbabili, che sfumano in una serie di capannoni poco oltre, tagliati dalla strada che esce dalla città e prosegue verso Milano.

Ogni giorno i nuovi ricchi, per andare al lavoro nella zona industriale, costeggiano il quartiere e sono costretti a ricordare quello che erano una volta. Gli operai hanno solo la conferma di quello che saranno per il resto della loro vita.

Io ci sono nato e ci ho abitato, un tempo. Ora, se posso, evito di andarci.

In fondo al rettilineo che sto percorrendo, fra gli alberi, si intravede lo Stadio comunale Geppe Rossi. Grigio e frusto, anche questo in attesa che la gloria, prima o poi, passi da queste parti. Una volta era in periferia ma poco a poco la città lo ha raggiunto e avvolto, lasciando solo quel rettangolo verde in mezzo al rosso delle tegole e al grigio dei parcheggi, per il piacere di chi arriva con l'elicottero e può guardare il mondo dall'alto.

Di solito è cosí che si sposta Paolo Martinazzoli, il nuovo proprietario della squadra.

Fino a quattro anni fa, tutto era legato alla tradizione. E, come accade per molte tradizioni, che non sono altro che assuefazioni al male minore, era poco dinamica e senza nessuna prospettiva. Il calcio cittadino restava una passione per pochi, la classifica un'altalena perenne fra gli ultimi posti e la retrocessione. I calciatori passeggiavano per la città fra l'indifferenza generale, a parte qualche commessa o qualche signora disposte a intrattenere pratiche furtive con uno di loro pur di sentirsi, in modo riflesso, delle protagoniste.

Alessio Mercuri, il vecchio presidente, rappresentante della famiglia piú in vista della città, era l'unico vero tifoso. Industriale, amico personale di Gianni Agnelli, aveva tenuto in piedi per anni quel carrozzone traballante. Un poco per prestigio, un poco per ostinazione, un poco per emulazione. Ma alla sua morte i figli, conti alla mano, si erano resi conto che tutti quei poco costavano in realtà molti soldi. Che loro non erano piú disposti a cacciare fuori, soprattutto perché della città e del calcio non gliene fregava niente.

L'ho conosciuto il vecchio Mercuri. È stato lui ad assumermi, un paio di mesi dopo che ero uscito di prigione. In quella situazione, sarei stato un personaggio scomodo dappertutto. Nella mia città lo ero ancora di piú. Ma nelle piccole realtà c'è sempre qualcuno che conosce qualcuno che a sua volta conosce qualcuno. A Roma o Milano o Napoli quasi sempre sono autentiche balle. Qui quasi sempre è vero. Mi sono trovato con lui un pomeriggio di primavera, nello spogliatóio dello stadio, mentre i giocatori fuori facevano allenamento.

Indossava un doppiopetto gessato, scuro, blu o forse nero. Una camicia bianca e una cravatta a righe trasversali. Assomigliava vagamente a Laurence Olivier e aveva mani che evocavano lanci di fiches su un tavolo verde, in qualche casinò della Costa Azzurra. A sensazione, era l'uomo piú solido e rassicurante che avessi mai avuto occasione di incontrare.

Eravamo soli e lui mi ha guardato qualche istante prima di parlare. Ancora adesso non so se mi hanno trapassato piú i suoi occhi o la sua voce.

– Tu sei Masoero?

– Sí.

– Sei alto, per essere un peso medio.

Ho alzato un poco una spalla. Un gesto che non fa male.

– Sul ring non è mai stato un problema. Anzi.

– Lo so, ti ho visto combattere, una volta, a Milano. Con Cantamessa. Lo hai fatto a pezzi.

Ho esibito un mezzo sorriso. Non me ne fregava niente di nascondere quanto amaro fosse. Lui tanto lo sapeva bene.

– Già. Poi lui è diventato campione italiano e io...

Ho lasciato in sospeso la frase, perché sapevamo bene tutti e due che cosa era successo a me.

– Bene. Cosa posso fare per te?

– Mi serve un lavoro. Onesto. Nella mia posizione non è facile.

– Lo immagino.

Ha chinato la testa e si è guardato le mani. La domanda successiva l'ha fatta senza vedermi. Forse era piú bravo a capire gli uomini dal tono di voce che dall'espressione degli occhi.

– Sai ancora usare i pugni?

– Sí.

Questa domanda e questa risposta evocavano non solo punti dei giudici sul ring, ma anche punti di sutura al pronto soccorso dopo una rissa.

Alessio Mercuri era tornato a guardarmi. Io non avevo abbassato lo sguardo.

– E hai ancora voglia di farlo?

– No.

Due risposte secche, come il rumore del cancello della cella che si chiudeva alle mie spalle.

– Se vuoi, puoi stare in magazzino. Serve qualcuno che sia forte e che non rompa i coglioni.

Mi aveva sorpreso, ma subito dopo avevo capito. Quell'espressione stonata era uscita dal suo linguaggio solo per farmi comprendere che quello forte potevo essere io. Purché, appunto, non rompessi i coglioni.

Aveva aggiunto una seconda condizione.

– Con lo stipendio non c'è da arricchirsi.

Avevo risposto senza bisogno di pensare.

– È un lavoro e per me va bene.

Questo succedeva trentatre anni fa.

Da allora ho rigato dritto e col tempo sono diventato il responsabile del magazzino della squadra e ora, in parte, anche della logistica. Non sono piú un ragazzino ma ancora me la cavo. Anche lo stipendio, anno dopo anno, è aumentato. Il passato, per quello che è possibile, me lo sono lasciato alle spalle. L'unica cosa che non ho scordato è quell'incontro in un pomeriggio di primavera, in uno spogliatoio, con un uomo che mi ha dato fiducia.

L'unica, forse, che io non abbia tradito.

Per anni ho continuato a chiedermi come mai un uomo del suo calibro avesse deciso di incontrarmi di persona, invece che incaricare un dipendente. Adesso credo, conoscendolo, che non avrebbe mai lasciato a un altro il gusto di quell'incontro. Perché io ero quello che ero e perché, nel suo modo aristocratico, lo era anche lui.

Quando è morto, sono andato al suo funerale e ho lasciato un biglietto di condoglianze. Sopra c'era scritto solo *Grazie*. E sotto, come firma, *Uno che non ha mai rotto i coglioni*.

Secondo

Proseguo.

È una bella giornata, di quelle senza nuvole e con un cielo azzurro che pare il velo della Madonna. Per chi ci crede, ovvio. Per tutti gli altri è solo un gran bel cielo, oltre il quale non ci sono paradisi.

Poco prima di arrivare al piazzale dello stadio giro a sinistra e mi infilo in una strada che un chilometro dopo inizia a salire verso la collina. Ma io non ho nessuna intenzione di arrivare fino in cima. Oggi le viste dall'alto non rientrano nel mio programma e nel mio umore. Qualche centinaio di metri e raggiungo uno spiazzo sterrato, sulla destra. Ci entro, parcheggio e spengo il motore.

Rimango seduto.

Prendo un pacchetto di sigarette dal portaoggetti sul mio lato e ne accendo una. Fino a un certo punto della mia vita non ho fumato. Ero uno sportivo e avevo bisogno di tutto il mio fiato. Poi sono successe delle cose che il fiato me lo hanno tolto, per quanto ne avessi. E fra tutti i brutti vizi che si possono prendere stando in prigione, quello del tabacco è forse il piú marginale.

Faccio scendere il finestrino e la prima boccata di fumo evade da quella parte. Mi appoggio allo schienale e faccio vagare lo sguardo nell'abitacolo.

Ho abbassato i sedili posteriori e sistemato dietro tutto il materiale che mi serve oggi allo stadio. Calzettoni, parastinchi, scarpe, calzoncini. Palloni. Maglie con un numero sulla schiena, personalizzate da un nome che l'anno prossimo potrebbe essere legato a un altro numero e ad altri colori. Una volta tenevamo il magazzino allo stadio. Un paio di visite con scasso ci hanno convinto a trasferirlo nella sede sociale. Ho sorriso quando ho saputo dei furti.

In fondo anche quello è un modo di essere tifosi.

Sul sedile di fianco ci sono appoggiate una copia della «Gazzetta Sportiva» e un'edizione speciale del «Corriere di Provincia». Le ho comprate all'edicola vicino a casa mia, prima di partire.

Alfredo, il giornalaio, me le ha consegnate con un sorriso e una domanda.

– Allora, che ne dici? Ce la facciamo?

Ho risposto, con fatica, solo al suo sorriso. Per il resto non avevo certezze. Nessuno ne ha, in un mondo dove corrono uomini e palle rotonde. E, soprattutto, dove *mala tempora currunt*. Sembrerà strano, ma qualche libro l'ho letto anche io. Ne ho avuto tutto il tempo.

Ho condiviso con Alfredo il punto di vista da cui guardavo il mondo.

– Speriamo. Sarà dura.

– Cazzo, che gufo. Mi tocco i coglioni.

Alfredo aveva abbassato tutte e due le mani per afferrare la parte anatomica preposta agli scongiuri.

– Cristo, proprio tu che sei della famiglia. Vedrai che oggi li facciamo neri, a quelli là. Anche se hanno la maglia bianca.

Mi ero sporto e avevo lasciato due monete davanti a lui, sul piccolo appoggio per le transazioni economiche. Per un attimo avevo nascosto alla vista dei passanti un uomo che stava ritto con le palle in mano senza fare parte di una barriera.

– Mi accontenterei anche solo di farli grigi. Col pareggio passiamo noi ma un bell'uno a zero non sarebbe male.

Me ne sono andato e, mentre salivo in macchina, Alfredo dal gabbiotto mi ha urlato alle spalle la sua previsione, cosí entusiasta da sembrare già un resoconto.

– Tre! Gliene facciamo tre!

Ho fatto un gesto di saluto e ho chiuso la porta senza ribattere. Se Alfredo avesse saputo un paio di cose che so io, la sua fiducia di colpo avrebbe riacquistato la vista. La fortuna, la fiducia, l'amore: tutta roba cieca. Poi, quando si è costretti ad aprire gli occhi, ci si accorge di come in realtà va il mondo. Che basta un nulla a ribaltare il piano inclinato e invertire la discesa della biglia.

Allungo una mano e apro la «Gazza», in modo da poter vedere la prima pagina al completo. Ci sono delle foto e delle notizie, come sempre. Il campionato di Serie A è finito, con i suoi clamori e i suoi livori. Consegnato alla storia e alle statistiche. Non so se lo scudetto è andato al piú forte, di certo è andato a chi ha vinto. Non sempre le due cose coincidono.

Per quanto riguarda la Serie B, è la notte prima degli esami.

Anzi, il mattino.

Fra poco si decide chi sale fra le stelle e chi resta

a guardarle dal basso. Una volta, quando si giocava la domenica, era tutto piú semplice. Le prime tre passavano in A, le altre prego passi un'altra volta. I giocatori potevano solo dire arrivederci a giocatori che non avrebbero piú trovato in campo e restare ad aspettare il campionato successivo.

Ora ci sono tanti, troppi soldi in giro.

Con questa menata dei diritti televisivi, degli anticipi e dei posticipi e tutto il resto, mi trovo a districarmi a fatica fra gli intrecci di un regolamento che cerca a tutti i costi di farmi sentire americano o di farmi sentire idiota.

Play-off è una parola che sa di hamburger, Coca-Cola e pop-corn. Nessuna di queste cose mi piace. Questione di gusto, forse. O forse perché le prime parole in inglese che ho imparato erano i nomi dei colpi nel pugilato. Devo dire che è una lingua che quando ti arriva sul mento o nel fegato fa male.

Il giornale locale è tutto dedicato alla squadra e al lungo percorso che ci ha portati fino a qui. Sulla prima pagina c'è la foto di un giocatore che indossa la seconda maglia, tutta rossa, quella che si usa quando c'è possibilità di confusione con la divisa della squadra avversaria. Il ragazzo corre verso l'obiettivo con i pugni stretti, i tendini del collo tirati, il viso contratto in un urlo di esultanza che la carta stampata può solo cercare di evocare. Ha appena segnato e la parola che ricordo e che non riuscirà mai a uscire da una foto è gol.

Ho stampato nella memoria il giorno a cui risale quell'immagine. Eravamo in trasferta e quella è stata la prima delle tre reti con le quali abbiamo vinto contro i primi in classifica. È stato il momento in cui qualcuno ha iniziato a pensare che le previsioni non fossero cosí azzardate, che il sogno non fosse cosí irrealizzabile.

E adesso siamo qui, sulla prima pagina di tutti i quotidiani sportivi nazionali, in attesa che il miracolo si compia del tutto e che quel piccolo capolavoro che è stato il nostro campionato diventi un capolavoro senza margini di grandezza. Fra poche ore si decide il nostro destino. Se vinciamo con la squadra che andremo ad affrontare, dopo un numero di anni cosí lungo da cancellare la memoria d'uomo, saremo di nuovo nell'Olimpo della Serie A. Altrimenti vale quanto è stato detto prima. Per i perdenti non sono mai troppo lunghe le code da mettere fra le zampe. Per noi ci sono tutti gli estremi perché oggi sia il gran giorno. Ma ci sono anche tutti gli estremi perché sia un gran brutto giorno.

Ripiego i giornali e scendo dalla macchina.

Un'insegna appesa dall'altra parte della strada mi propone il ristorante *Rué*. Mi dirigo verso la porta d'ingresso, deciso ad accettare la proposta. È un ristorante a conduzione familiare, con una cucina casalinga, semplice e leggera. Ci mangio sovente, perché è vicino allo stadio, perché i prezzi sono umani, perché sono amico della famiglia Roero da parecchio tempo. In effetti il nome del ristorante non è altro che la pronuncia in dialetto del loro cognome. La ragione principale è che da quando mia moglie è morta, quattro anni fa, la cucina di casa per me è diventata solo il posto dove c'è il frigorifero e dove cerco di mangiare il meno possibile.

I pochi passi verso la porta bastano a rievocare una vita.

Ho conosciuto Elena quando ero in carcere. Il mio caso era finito sui giornali e, come spesso succede con personaggi che eccitano la fantasia popolare, avevo ricevuto diverse lettere, alcune della quali scritte da ragazze. Le avevo lette e stracciate tutte.

Meno una.

Poco per volta le lettere da mittenti sconosciuti erano diminuite, fino a cessare del tutto. Solo una persona aveva continuato a scrivermi con regolarità. Mi ero accorto di attendere quelle lettere prima con curiosità, poi con impazienza. E a un certo punto avevo iniziato a rispondere.

Quando sono uscito, un anno e mezzo dopo, lei era là ad aspettarmi. Mi aveva mandato delle sue foto, nel frattempo, ma non ero mago abbastanza da riuscire a estrarre una persona sconosciuta da quel rettangolo colorato. L'immagine era quella di una ragazza bruna, alta e magra, graziosa senza spingersi al punto di essere bella. Sola, con le amiche, al mare o in montagna, con le maniche corte o il cappotto, secondo la stagione. Ma non c'erano mani sulla pelle e non c'era profumo e soprattutto non c'era voce. Solo quelle parole fissate sulla carta con una calligrafia lenta e comprensibile che dicevano cose belle ma senza suono.

Non ho mai voluto che venisse a farmi visita in carcere.

Quando me la sono trovata di fronte e l'ho vista e l'ho odorata e l'ho sentita parlare, mi è sembrato che Dio mi avesse restituito la costola. Non sapevo che anni dopo se la sarebbe ripresa indietro un'altra volta, senza anestesia.

Le tenevo la mano, quando se n'è andata. Mi

ha guardato e mi ha sussurrato alcune parole che non ho compreso. Ho solo capito che riguardavano nostro figlio. Elena mi aveva detto sempre che i figli sono le sole persone che possano fare accettare l'idea della morte, perché nessun padre o nessuna madre vorrebbe sopravvivere a chi ha messo al mondo.

Mentre apro la porta ed entro nel ristorante, capisco quanto aveva ragione. E arrivo a provare per lei, che adesso se ne sta tranquilla da qualche parte, una punta di invidia. Sono sempre stato un uomo solitario. Adesso sono un uomo solo. Non pensavo che col tempo sarei arrivato a sentire la differenza.

Terzo

Entro nel locale e per qualche istante faccio fatica ad abituare gli occhi al cambio della luce. Sono piuttosto in anticipo sull'ora del pranzo e ai tavoli non c'è nessuno, a parte un uomo seduto da solo in fondo a sinistra. Indossa un cardigan di lana, nonostante il caldo che c'è fuori. L'istinto è quello di definirlo un uomo anziano ma da un poco di tempo a questa parte ci vado calmo a usare quella parola. A guardarlo bene deve avere solo qualche anno più di me. Se le cose girano sbagliate, domani potrei essere anche io uno di quei vecchietti dalle ossa fredde che vanno a spasso con su il loden a ferragosto.

Fabio Roero mi vede entrare e mi viene incontro. È un ragazzo che ha passato da poco la trentina, non molto alto, rotondo come è giusto che sia un ristoratore, con i capelli rasati e un grembiule legato intorno alla vita che gli dà un'aria da oste d'altri tempi. Lo tradiscono le Reebok, un tatuaggio sul braccio e una foto con casco e tuta da pilota appesa alla parete.

– Ciao Rué.

– Ciao Silver.

Io mi chiamo Silvano ma la provincia è sempre pronta a trovare un soprannome. E da Silvano a

Silver la strada è breve. Soprattutto quando ti presenti al bar dopo un combattimento con un occhio cosí nero da sembrare coperto dalla pezzuola di un pirata e uno ti dice che assomigli a Long John Silver, quello dell'*Isola del Tesoro*.

Fabio guarda l'ora.

– Sei già qui per il pranzo o ancora per la colazione?

– Scegli tu. Basta che non mi fai pasteggiare con il cappuccino.

Fabio è un ragazzo sveglio e spiritoso, che ama il suo lavoro. Lo dimostra il fatto che ha un diploma da sommelier e non gli piace il vino. Era un tifoso della squadra ancora in tempi non sospetti, cioè quando la classifica faceva viaggiare a testa bassa anche il piú ottimista dei sostenitori. Ora è tutto facile e, come si dice, il mondo è pieno di gente che è pronta a correre in soccorso del vincitore.

Il ragazzo fa un gesto con le braccia che comprende tutto il ristorante.

– Anche se non hai prenotato, un buco te lo troviamo.

Mi guarda sorridendo.

– Il che vuol dire siediti dove vuoi, meno che in braccio a quel signore.

Mi avvio verso l'angolo opposto a quello dove sta seduto l'uomo con il cardigan. Abbiamo tutti e due l'aria di persone a cui piace dividere il minor spazio possibile. Il tavolo è coperto da una tovaglia a quadri ocra e rosso scuro, con una sopratovaglia in carta ruvida, di quelle che una volta usavano i macellai. Mi siedo e subito Fabio arriva con una bottiglia di acqua naturale e un sacchetto di carta marrone pieno di pane e grissini. Posa l'acqua sul tavolo e appoggia l'involucro davanti a me. Straccia la carta nel senso della lunghezza per permettere al contenuto di spargersi ed essere a portata di mano senza doverci tuffare le dita.

– Ti mando subito Rosa.

Si allontana alla ricerca della cameriera. Lo seguo con lo sguardo mentre attraversa un ambiente che conosco benissimo. Le pareti sono tinte in rosso spento, quello che chiamano pompeiano. Ci sono travi al soffitto e tavoli in noce che dànno al locale un senso di vecchia osteria. Oggi sui muri ci sono delle novità. Opere di un nuovo artista. Di solito Rué ospita dei giovani pittori, ai quali permette di esporre i loro lavori all'interno del ristorante. Offre una possibilità e ne ha in cambio una parte gratuita dell'arredamento. Non mi risulta che ne sia mai stato venduto uno, ma il mondo è fatto di iniziativa, di buona volontà e di mani che lavano altre mani.

Rosa arriva con l'aria di chi ha spento una sigaretta al volo, prima che fosse finita. Mi stupisco di non vedere l'ultimo residuo di fumo che le esce dalla bocca. Si ferma davanti a me, fruga in tasca e ne estrae una biro e un taccuino per le ordinazioni.

– Ciao Silvano. Cosa ti porto?

La domanda è un pro forma. Quando vengo qui prendo quasi sempre le stesse cose. Oggi per darmi un tono fingo di studiare il menu. Ci sono cose che conosco e alcune novità. Rimango per qualche istante indeciso fra strade vecchie e strade nuove. Infine cedo all'abitudine.

– Prendo la carne cruda e…

– Dei tagliolini pomodoro e basilico.

Ha finito lei per me l'ordinazione.

Poso il menu e la guardo. Lei fa un gesto con le spalle.

– Quando leggi la carta senza mettere gli occhiali, so cosa prenderai.

Rosa ha già chiuso il taccuino e lo sta infilando di nuovo nella tasca della gonna da lavoro. Mi guarda con due occhi scuri che un tempo dovevano essere stati vivaci. Ora mi pare che osservino tutto con un'apparenza di sospetto, come chi non sa mai da che parte potrà arrivare la prossima fregatura. Ma senza quel briciolo di rassegnazione di chi è convinto che, destra o sinistra, alto o basso, arriverà di certo. Una persona che ignora l'uso della bandiera bianca.

– Come stai?

– Bene.

Il mio tono di voce non deve completare del tutto il senso della parola. Rosa lo avverte, ma da persona riservata quale è non si avventura in inchieste. Non lo farei nemmeno io, se fossi al posto suo. Questo è il motivo per cui andiamo d'accordo. È una donna alta e bruna, formosa al punto giusto per non lasciare spazio, con l'età, alle zampe di gallina. Ed esile abbastanza per non lasciare sospettare, dal modo in cui si muove, che ha quasi cinquant'anni.

– Sei nervoso?

Faccio un gesto vago che comprende tutto il mondo.

– Chi non lo sarebbe?

– Ti capisco. Lo sono anche io che non so niente di calcio.

Mi sorride.

– Per il semplice fatto che ti conosco.

Ha detto queste parole con calma, abbassando un poco la voce. Erano per me e per nessun altro. C'è una frazione di secondo in cui resta sospeso fra noi un senso di complicità, quella che elimina ogni tipo di ruolo. Sono momenti che non durano mai molto.

– Arrivo subito con la carne cruda.

Rosa ha recuperato il suo tono normale e noi due siamo di nuovo una cameriera e un cliente abituale in un ristorante. Si gira e si avvia verso la cucina per passare le ordinazioni. Osservo il suo passo preciso, quello di una donna che ha un lavoro da fare e, le piaccia o meno, cerca di farlo al meglio.

Mangio un pezzo di grissino. Bevo un sorso d'acqua. Mi spiace di avere lasciato i giornali in macchina. Ora avrei modo di passare il tempo, in attesa che arrivi il cibo. Ma poi penso che sono tutte cose che conosco già, molto meglio di qualunque giornalista. Io le notizie le vivo dall'interno e, per quanto è possibile, so la verità.

Anche quando è scomoda.

Cosí resto a fissare la porta dietro la quale è sparita Rosa.

Siamo usciti insieme, qualche volta. Un cinema, una pizza, un gelato e una passeggiata al Parco Nencini. Mi ha raccontato di lei, della separazione da un marito benestante ma succube della famiglia, della difficoltà di crescere un figlio da sola, con un padre la cui sola presenza era rappresentata da un assegno che per fortuna arrivava puntuale ogni mese. Quando suo figlio si è laureato in Economia e Commercio c'era solo lei a essere orgogliosa. Da quel momento in poi ha rispedito al mittente l'assegno mensile, finché le spedizioni non sono cessate del tutto. Adesso Lorenzo, il suo ragazzo, sta a Londra, dove ha frequentato un Master per la gestione di sportivi e dove si sta facendo strada come procuratore di calciatori. Mi ha detto Rosa, con orgoglio di madre, che suo figlio ha iniziato a restituire al padre tutti i soldi che sono serviti per farlo studiare.

Spero per lui e per sua madre che ci riesca.

Di me non le ho detto molto e lei non mi ha chiesto nulla. Forse, per farsi un'idea, quello che ha capito per esperienza diretta è stato piú influente di quello che ha sentito dire in giro. La cosa piú difficile al mondo è trovare una persona che ti accetti per quello che sei. Di solito la gente è cosí superficiale che si accontenta di quello che crede tu sia, anche se a volte si tratta di due persone differenti.

Una sera, sotto casa sua, di ritorno dal cinema, ci siamo baciati.

Aveva un buon profumo e un buon sapore in bocca e io non baciavo una donna in quel modo da tanto tempo. Quando ci siamo staccati, nella penombra della macchina, Rosa aveva gli occhi lucidi. Forse anche per lei quel bacio significava la stessa cosa, un'emozione trovata senza ricerca e per questo ancora piú sorprendente.

Ha indicato con un cenno della testa la porta di casa.

«Vuoi entrare?»

Ho appoggiato le mani sul volante e ho guardato davanti a me. Ci ho messo qualche secondo, prima di rispondere. Ho pensato al dopo. A come mi sarei sentito quando tutto fosse finito. Mi sono chiesto se la fine della passione si sarebbe trasformata in tenerezza o sarebbe diventata solo ansia di scappare.

Non ho trovato una risposta.

Allora ho deciso di fuggire prima.

«Forse è meglio di no».

Lei ha chinato la testa e ha aperto la borsa, in silenzio. Ho sentito il tintinnare delle chiavi, poi lo scatto della portiera che si apriva. Solo allora ho girato la testa verso di lei.

«Buonanotte Silvano. È stata una bella serata».

Il sorriso era quello di sempre. Se è rimasta delusa non lo ha dato a vedere.

«Anche per me. Buonanotte, Rosa».

È scesa e io ho acceso il motore. Sono rimasto ad attendere che entrasse in casa e diventasse una forma indistinta oltre i vetri smerigliati del portoncino d'ingresso.

Poi sono partito, senza riuscire a lasciare indietro i miei timori.

Ci siamo visti altre volte ma fra noi non è piú successo nulla. E non abbiamo piú parlato di quell'episodio. Fra di noi si sono instaurate delle piccole abitudini, quelle che hanno il potere di allargare giorno per giorno i confini di un rapporto d'amicizia. Alla sera, quando è possibile, verso le otto meno un quarto, ci sentiamo per sfidarci alla *Ghigliottina*, il gioco che c'è alla fine della trasmissione di Carlo Conti. Ognuno davanti al suo televisore, col telefono in mano, cerchiamo di indovinare la parola misteriosa attraverso le altre cinque che

il concorrente ricava da un elenco. Rosa è molto
piú brava di me e, per quanto mi sforzi, sono re-
golarmente battuto. Però, nonostante questa e altre consuetudini, io non sono mai stato a casa sua
e lei non è mai stata a casa mia.

La porta della cucina si apre, contemporanea-
mente alla porta d'ingresso. Rosa si avvicina con un
piatto in mano. Fabio entra nel ristorante e viene
verso di me, agitando un giornale. L'antipasto e il
quotidiano arrivano sul tavolo nello stesso istante.

La carne cruda ha il leggero profumo d'aglio di
sempre. Il «Corriere di Provincia», lo stesso che
ho lasciato in macchina, ha ancora in prima pagina la rabbia esultante di quel giocatore in maglia
rossa che ha appena segnato.

Fabio liscia la carta con la mano.

– Hai visto? Non mi avevi detto che c'era il
Grinta in prima pagina.

Il Grinta è il soprannome che hanno dato a quel
giocatore, prendendolo da un film con John Wayne.
Se l'è meritato per la sua determinazione e per l'im-
pegno costante, che lo hanno fatto diventare, nel
corso del campionato, il simbolo della squadra. Un
uomo capace di riunire intorno a sé uno spogliatoio e di essere un punto di riferimento in campo.

Guardo Fabio e fingo di essere sorpreso.

Mento.

– Non lo sapevo. Stamattina non ho avuto tempo di comprare i giornali.

Fabio ha il tono ancora incredulo di chi si è visto
realizzare un prodigio davanti agli occhi.

– Mi ricordo quella partita. Ero andato anche io
in trasferta. Che gol che gli ha fatto alla…

Continuo a fissare la foto e le parole di Fabio si
perdono. La figura riprodotta, quella faccia tesa e
quell'urlo imprigionato nella carta sembrano ingi-
gantire insieme alle cose che mi porto dentro. Anche io ho un urlo in me che non potrà mai diventare suono. Quel giocatore, il simbolo della squadra,
il punto di riferimento in campo, oggi ha deciso di
vendere la partita. E la cosa peggiore è che il Grinta in realtà si chiama Roberto Masoero.

Mio figlio.

Quarto

Quando esco dal ristorante mi lascio alle spalle delle persone che conosco e che mi conoscono. Nello stesso tempo sono convinto di avere lasciato dietro di me delle perplessità. Ma per quante siano, di numero e profondità, non potranno mai avvicinarsi alle mie.

In macchina ritrovo un ambiente familiare, con un deodorante appeso allo specchietto retrovisore, del materiale sul pianale di dietro e dei giornali appoggiati sul sedile del passeggero. Solo che ora, dalla prima pagina del «Corriere», mi guarda uno sconosciuto. Ma il legame con i figli è una condanna a vita e non concede alternative.

Avvio il motore ma non parto. Ho ancora in bocca il gusto del caffè e la sigaretta che mi accendo dovrebbe essere buona.

Dovrebbe.

Il fruscio dell'aria condizionata spinge all'interno un poco di fresco. La spengo. Il gelo che ho dentro basta da solo a raffreddare l'abitacolo. Infine ingrano la marcia e sto per muovermi dal parcheggio, quando Rosa compare sulla porta del ristorante. Muove la testa a destra e sinistra per assicurarsi che non ci siano macchine in arrivo, poi attraversa col suo passo spedito.

Quando è quasi alla mia altezza, abbasso il vetro.

Si avvicina e resta un attimo a guardarmi dal riquadro del finestrino. La sua voce contiene una pena che è anche la mia.

– Silvano, che c'è?

Vorrei dirle tutto, e invece...

– Niente.

– Abbinato alla tua faccia, niente mi sembra troppo poco.

– Volevo dire niente che non si possa mettere a posto.

Rosa capisce che, qualunque sia, è un problema che devo risolvere da solo.

– Allora fallo. Ma ricordati sempre due cose.

– Quali?

– Che io ci sono, se vuoi.

Questa frase è una ciambella di salvataggio. E nello stesso tempo è una richiesta d'aiuto. Ma in questo momento non ho la forza per lanciare un salvagente anche a lei.

– Questa è una. E qual è l'altra cosa da ricordare?

– Il mio numero di telefono.

Una frazione di secondo e Rosa è già sull'asfalto che attraversa la strada. Poco dopo la porta del ristorante si chiude e rimango da solo. A pensare e a recriminare di essere capace di farlo. Non è vero che solo in punto di morte la tua vita ti passa in un attimo davanti agli occhi.

Quando sei un pregiudicato, non è mai facile instaurare un buon rapporto con un figlio. C'è sempre qualcuno che sa e che al momento giusto, crudele e puntuale, è pronto a sbattere in faccia la verità. È successo sempre e dappertutto.

A scuola, all'oratorio dove si tirano i primi calci, in compagnia con altri ragazzi e ragazze. Quando si è giovani non si hanno altre difese se non la famiglia che rappresenti e che ti rappresenta. Per me, l'età in cui il padre è un eroe è passata in fretta. Forse addirittura non c'è mai stata.

Una volta, quando Roberto frequentava le medie, sono andato a prenderlo a scuola. C'erano altri genitori in attesa e quando i ragazzi sono usciti con l'entusiasmo di chi riconquista la libertà, ognuno si è avvicinato al padre o alla madre. Lui, non appena mi ha visto, si è bloccato. Poi si è mosso verso di me a passo lento, guardandosi in giro, come se la mia presenza fosse un motivo di imbarazzo. Allora non sapevo ancora quanto lo fosse.

«Ciao papà».

Ho preso la cartella dalle sue mani e ci siamo avviati.

«Ciao, centravanti. Com'è andata?»

Non ha fatto a tempo a rispondermi. Alle nostre spalle si è alzata una voce. La voce di un bambino.

«Ehi Masoero, dove andate? A casa o in prigione?»

Quelle parole ci sono arrivate addosso come delle pallottole. Lui è rimasto ferito, io sono morto. Siamo tornati a casa in silenzio. Da allora non sono mai piú andato a prenderlo a scuola.

Fra noi c'è sempre stata l'ombra della mia fedina penale, che a tratti è diventata cosí grande e scura da trasformarsi in un'eclissi totale. Abitavamo nella stessa casa, parlavamo, facevamo le cose che un genitore e un figlio fanno di solito. Ma ci siamo sempre trovati di fronte sfocati, come avvolti in

fogli di cellophane. Per quanti sforzi facessimo non
siamo mai riusciti a bucarlo e a guardarci in viso.

A pensarci bene gli sforzi erano solo miei, come la colpa.

Infine il calcio ha portato via Roberto da casa.
Dopo essere cresciuto nel vivaio della squadra cittadina, ha iniziato a girare per l'Italia, giocando
con addosso diverse altre maglie. Sempre di Serie
B, perché il talento c'era ma non cosí brillante da
poter risplendere nella massima categoria.

Telefonava poco e in quelle rare occasioni parlava
con la madre, limitandosi alla fine della chiamata a
chiederle di salutarmi. Ci siamo visti al funerale di
Elena, ma la sua assenza è stata piú forte delle nostre presenze. È partito subito dopo e per diverso
tempo sono andato ogni giorno a parlare di lui con
una foto su una lapide.

Poi, un anno dopo il passaggio di proprietà della
squadra, è tornato a giocare a casa. Mi sono chiesto spesso il perché di questa scelta, senza trovare
una risposta. Dapprima mi sono illuso che il tempo
avesse ammorbidito certe tensioni. Mi sono reso
conto in seguito che Roberto aveva solo optato per
l'offerta migliore.

Si è comprato una casa al Borgo della Seta, un
quartiere residenziale dove abitano quelli che contano. Forse una rivalsa verso il quartiere popolare
dove è cresciuto e i ragazzi piú ricchi di lui che ha
frequentato quando era giovane. Si è comprato una
macchina sportiva, magari per lo stesso motivo.

Ci vedevamo al campo e parlavamo, ma piú che
padre e figlio sembravamo quello che in effetti eravamo: un giocatore e un magazziniere. Siamo stati

insieme a cena, un paio di volte, ma pane e imbarazzo sono difficili da digerire.

Intanto lui è cresciuto, è maturato, da un punto di vista sportivo. Sembrava che l'aria di casa avesse fatto emergere doti che fino ad allora erano rimaste latenti, finché l'arrivo del nuovo allenatore lo ha fatto esplodere. Giorno dopo giorno ha conquistato le simpatie e l'ammirazione dei tifosi, dei compagni di squadra e dei giornalisti. Nel campionato in corso ha guidato la squadra da leader verso le vette della classifica, fino ad arrivare al punto di rendere possibile il traguardo della promozione.

Cosí, da Silver il magazziniere, sono diventato il padre del Grinta.

Ma sono rimasto sempre un passo indietro, terrorizzato che in ogni articolo su di lui saltasse fuori di chi era figlio. Ero timoroso per il suo futuro e cosí imbarazzato per il mio passato da non riuscire nemmeno a dimostrarmi orgoglioso per il presente.

Poi, poco tempo fa, il caso ci ha fatto incontrare nell'unico posto dove nessuno dei due aveva difese.

Ero al cimitero, davanti alla tomba di mia moglie. Ero accucciato e stavo sistemando nel vaso dei tulipani, i fiori preferiti di Elena. Ho sentito un passo sulla ghiaia alle mie spalle, mi sono voltato e lui era lí, con un mazzo di fiori in mano.

Anche quelli erano tulipani.

Non ho detto nulla. Roberto si è avvicinato e mi ha allungato i suoi fiori. Ha atteso che io li sistemassi insieme ai miei, mescolandoli in modo che non si distinguesse piú quali erano quelli dell'uno o quelli dell'altro.

Siamo rimasti in piedi a fissare la foto sulla lapide, ancora in silenzio, ognuno avvolto nei suoi
ricordi e nel suo pudore. Il sole disegnava da dietro
le nostre spalle due ombre sul marmo, sopra l'immagine in ceramica di Elena, l'unico modo terreno che avessimo per sentirci ancora insieme. Non
l'ho guardato per non essere costretto a notare per
l'ennesima volta quanto assomigliava a sua madre.

La voce di mio figlio è arrivata all'improvviso
ed era piú vecchia della sua età.

«Ti manca?»

«Ogni giorno. Come so che sarei mancato a lei,
se me ne fossi andato via io per primo».

«Manca anche a me. Era una gran donna».

«Non immagini nemmeno quanto. Non so co-
me sarei finito se non ci fosse stata lei ad aspettarmi quando…»

Ho tirato un sospiro prima di pronunciare quella
parola che non ho mai detto davanti a lui.

«Quando sono uscito di prigione».

Questa frase è calata come una mannaia su qualunque altra possibile. Lui forse preferiva non sapere
e io non riuscivo a spiegare. Siamo rimasti ancora
un poco senza dire nulla, ognuno a ricordare parole
e gesti e ad attendere che la sua ombra diventasse
un poco piú lunga.

Poi ci siamo allontanati, camminando fianco a
fianco, verso l'uscita del cimitero. Non sapevo di
che parlare. Allora, per restare su un terreno conosciuto, ho parlato di lui e della squadra.

«Com'è andato l'allenamento?»

«Abbastanza bene ma la formazione è ancora
per aria. Pizzoli non ha ancora recuperato del tut-

to e credo che al suo posto giocheranno Zandonà o Melloni».

«Con Carbone sulla fascia?»

«È una possibilità. Ma lo sai che il Mister non si sbottona, anche se ogni volta ne inventa una nuova».

«Se tu continui a giocare come stai giocando, non ha molto da inventare».

Roberto ha fatto un gesto noncurante, come a far rientrare nella normalità quello che stava facendo sul campo di gioco. Ho ritenuto opportuno ribadire il concetto, non da genitore ma da sportivo.

«Sei diventato l'eroe cittadino. Nel bar che frequento, tutti i giorni mi offrono da bere solo perché sono tuo padre».

Nel frattempo abbiamo raggiunto il cancello. Siamo usciti e io ho tentato di trovare con lo sguardo la sua macchina nel parcheggio. Lui lo ha notato e ha sorriso.

«È inutile che la cerchi. Non ce l'ho piú la Porsche. L'ho venduta».

Non mi ha dato il tempo di ribattere.

«E ho venduto anche la casa».

Ero cosí preso dal sapore nuovo di quell'incontro, da quell'inusuale stare insieme, che non ho notato la fretta con cui ha gettato lí la frase successiva, come se fosse una notizia di cui si doveva vergognare e della quale doveva dare una giustificazione.

«Ho avuto un'offerta grandiosa, di quelle che non si possono rifiutare. La persona che ha comprato la casa ha voluto anche la macchina».

«Figurati. Non gli sarà sembrato vero di comprare la casa e la macchina del Grinta».

Ho sorriso. In quel momento ero un padre di fianco a un figlio che aveva trovato con successo la sua strada nella vita. Non era possibile che fossi anche lucido nei miei giudizi.

Ho proseguito, con una serenità che non provavo da tempo.

«E dove andrai a stare adesso?»

Mi ha risposto senza guardarmi.

«Pensavo, se per te va bene, di venire per un periodo a casa, finché non trovo un'altra sistemazione».

Non sono rimasto senza parole. Di parole ne avrei potute dire a milioni, ma temevo che sarebbero state tutte sbagliate. Per cui mi sono limitato allo stretto indispensabile.

«Ma certo. Vieni quando vuoi. E per tutto il tempo che ti serve».

Ho sperato che il mio tono fosse quello giusto. Evidentemente lo era, perché mi ha sorriso, lo stesso sorriso esitante di quando era bambino.

«Grazie. Mi organizzo e ti telefono».

Si è girato e si è allontanato verso una utilitaria rossa. Prima di raggiungere la mia monovolume, l'ho seguito con lo sguardo mentre saliva in macchina e si allontanava.

Dopo due giorni Roberto è arrivato a casa con una valigia e una borsa. Si è sistemato nella sua vecchia camera e ogni sera, quando andavo a dormire, ero contento di quella presenza.

Finché non ho scoperto il biglietto e non l'ho visto con quell'uomo.

Quinto

Sono in macchina, con il motore acceso, eppure non riesco a staccarmi dal mio parcheggio polveroso, a poche decine di metri da un luogo familiare e dall'amicizia rassicurante di Rosa. Come nel gioco televisivo, davanti ai miei occhi continuano a piovere parole e io non trovo quelle giuste da dire e il posto giusto per dirle. Guardo l'ora sul cruscotto. In questo momento, all'*Hotel Martone*, poco fuori città, sulla strada verso Torino, i giocatori in ritiro stanno pranzando.

Sandro Di Risio, l'allenatore, li riunisce in quell'albergo la sera prima della partita, dopo un leggero allenamento di rifinitura nel pomeriggio. È una consuetudine comune a tutte le squadre, anche quelle importanti, di Serie A. Un modo per fare gruppo, per unire l'elemento umano a quello sportivo. I ragazzi stanno insieme, giocano a carte, giocano alla Play Station, qualcuno legge un libro. Vengono coccolati e protetti, perché quando si è passata la maggior parte della propria giovane esistenza correndo dietro un pallone, adulati ogni giorno per dare il massimo, magari si ha una buona esperienza di gioco ma una scarsa esperienza di vita. Alla fine del pranzo viene data la formazione e un'ora dopo tutti salgono sul pullman della società e raggiungono lo stadio. Solo in casi speciali viene concesso a un giocatore di arrivare al campo con la propria macchina.

Ho scartato l'idea di raggiungerli per parlare con l'allenatore. In tutta questa brutta faccenda, Roberto non è solo. Per forza devono essere coinvolti altri membri della squadra, in caso contrario il maneggio sarebbe impossibile. Il problema è che non so chi, a parte uno. Il mio arrivo all'albergo metterebbe in sospetto prima di tutto mio figlio e di conseguenza gli altri.

C'è una cosa che devo e voglio fare. Impedire a quei ragazzi di rovinarsi la vita. Impedire che un giorno, andando a prendere il loro figlio a scuola, qualcuno alle loro spalle gridi: «Ehi, state andando a casa o in prigione?» Tutto questo senza togliere alla squadra la possibilità di vincere la partita piú importante della sua storia.

L'unica persona che ho come punto di riferimento è Di Risio, sperando che lui ne sia fuori. Ne sono certo al novantanove per cento, perché la certezza assoluta non esiste. La sua gestione del gioco lo ha fatto emergere dall'anonimato e a lui si stanno interessando squadre significative anche della massima Serie. È una persona intelligente e non rischierebbe di buttare all'aria tutto per una cazzata come questa.

Prendo il cellulare e compongo il numero del Mister.

Mi risponde al terzo squillo.

– Pronto?

Una voce stanca, un poco strascicata. Una voce piena di tensione.

La mia piena di urgenza.

– Pronto, Mister. Sono Silvano. È in mezzo agli altri?

– Sí.

– Allora non faccia il mio nome e se è possibile si allontani.

– Perché?

– Faccia come le dico, per favore. Si fidi di me.

La risposta arriva dopo un secondo. Stavolta nella voce c'è una nota di curiosità.

– Aspetta.

Sento il rumore di una sedia trascinata, poi dei passi, infine una porta che si apre.

– Ecco, adesso sono solo. Che c'è, Silver?

– Ho bisogno di parlare con lei. Prima della partita. È una cosa molto importante.

– Dimmi pure.

– No, non ne voglio parlare al telefono. Dobbiamo vederci di persona. Da soli. Ma mi creda, è davvero importante.

Ho sottolineato la parola davvero con tutta l'angoscia che ho dentro. E dall'altra parte è stata recepita. Di Risio conosce la mia storia, ne abbiamo parlato una volta, sul pullman, durante una trasferta. Ha capito quello che ho vissuto, sa quello che ho fatto e quanto l'ho pagato. Sa che non sono una persona abituata a prendere le cose alla leggera e che per abitudine do loro il giusto peso.

– Va bene. Ho già annunciato la formazione. Fra tre quarti d'ora posso essere allo stadio, tanto non ho neppure fame. Ci vediamo nel mio spogliatoio.

– A dopo allora.

La comunicazione viene interrotta dall'altra

parte. Me lo vedo restare qualche istante a fissare il cellulare, con aria pensierosa. Poi raggiungere i giocatori, facendo finta di niente. Quando ci parleremo penso capirà quanto mi è costata questa telefonata.

Ingrano la marcia e mi muovo. Il tempo dell'indecisione è finito.

Esco dal parcheggio e ripercorro la strada al contrario. In fondo ritrovo l'incrocio. Giro a sinistra e davanti a me c'è lo stadio, dove diversi gruppi di tifosi sono già davanti ai cancelli in attesa che aprano. Invece di entrare nel parcheggio e raggiungere l'ingresso carraio, costeggio il campo e me lo lascio alle spalle.

Mentre guido, infilo una mano nel taschino della camicia. Il foglietto è sempre lí, stropicciato e accusatorio. È inutile che lo tiri fuori e lo apra. So quello che ci troverei. Parole che ormai ho imparato a memoria tracciate sulla carta da una calligrafia frettolosa e piena di spigoli.

> La quota definitiva potrebbe essere a 10. Ne parliamo martedí dopo l'allenamento al piazzale del cimitero, cosí mi dici con quanto ci sei. L.

È sempre banale il modo in cui si scoprono certe cose. E come ricadono sulla nostra vita, crescendo dalla goccia al diluvio. La storia del cavallo che perse il chiodo e quindi perse il ferro e il generale perse l'equilibrio e l'esercito perse la guida e il re perse la battaglia e infine perse la guerra. Una guerra persa per colpa di un chiodo. Incroci, combinazioni, cattivi propositi, buone intenzioni, tutti infilati a bollire nel calderone della casualità, che è cosí grande da contenere tutto il mondo e sotto il quale il fuoco non viene mai spento.

Io abito in una villetta a due piani, circondata da un piccolo giardino. Ce la siamo comprata mia moglie e io, forti del mio stipendio e della sua attività casalinga di magliaia, che ci garantivano un'entrata stabile e all'altezza di sostenere il peso del mutuo. Una casa modesta, quadrata, con l'esterno in paramano e un normale tetto a quattro falde. Ma nel giardino c'erano i fiori di Elena e io mi sono ricordato la comodità di avere un orto, l'unica eredità che abbia avuto da mio padre. Dalla scomparsa di mia moglie ho continuato a curare i fiori per riguardo a lei, ma i pomodori e le zucchine non rientrano piú nei miei interessi.

A pochi passi dall'uscita posteriore, sotto una tettoia addossata al muro di cinta, c'è il bidone della spazzatura. Ogni tanto succede che dei gatti randagi, attratti dall'odore degli avanzi, riescano a rovesciarlo e ad aprire con le unghie i sacchetti di plastica che ci sono dentro. Cosí mi ritrovo il contenuto sparso a terra e la poco simpatica incombenza di ripulire tutto.

Cosí è andata. Il cavallo che perse il chiodo e che perse il ferro…

Mentre sistemavo l'ultima bravata di gatti ignoti e figli di ignoti che in quel momento avrei castrato volentieri con le mie mani, lo sguardo mi è caduto su quel foglietto sgualcito e macchiato di sugo. L'ho preso in mano e quando l'ho letto mi è arrivato dentro un senso di vuoto, come quando un mattino ho aperto la porta e nel riquadro c'erano dei poliziotti in divisa che mi chiedevano se ero Silvano Masoero.

Mi dispiace, ma deve venire con noi...

Pensavo fossero le uniche parole che non avrei mai piú dimenticato nella mia vita.

Mi sbagliavo.

Adesso c'erano anche quelle del biglietto.

Sono andato nel seminterrato, dove ho a suo tempo ricavato una piccola palestra e dove ancora conservo degli attrezzi di allenamento. Mi sono piazzato davanti al sacco e l'ho preso a pugni finché mi è mancato il fiato e le braccia mi facevano male.

Il pomeriggio dopo, al campo, durante e dopo l'allenamento, sono stato attento a chi parlava con mio figlio. Spiavo un atteggiamento, una parola, uno sguardo. Cercavo di capire chi e se, illudendomi nello stesso tempo che non fosse vero quello che il messaggio sul foglio di carta lasciava ipotizzare. Nel caso di una intenzione poco pulita, era di magra consolazione che almeno avessero avuto l'astuzia di non fidarsi del cellulare, l'unico modo sicuro per essere intercettati e scoperti. Ma in quel momento non sapevo ancora chi c'era dietro, gente di molte astuzie e pochi scrupoli.

Dopo l'allenamento giravo per lo spogliatoio facendo finta di niente, in silenzio come sempre, raccogliendo le maglie e le pettorine lasciate sulle panchette. Ho visto Bernini, il primo portiere, accostarsi a Roberto, che era appena uscito dalla doccia. Mi sono avvicinato con la scusa di raccogliere gli asciugamani appesi alla rastrelliera di fronte a loro. Bernini ha parlato a bassa voce e non sono riuscito a capire. Asciugandosi, Roberto si è girato

verso il muro, ma io sono riuscito lo stesso a vedere
che con la mano gli ha mostrato tre dita.

Cosí mi dici con quanto ci sei...

Tre.

Trecentomila?

Tre milioni?

Di colpo la vendita della casa e della macchina
avevano una spiegazione molto piú plausibile di
quella che mi ero offerto. L'affare non era il prez-
zo che mio figlio aveva realizzato, ma la cifra che
avrebbe avuto a disposizione per puntare sulla vittoria dei nostri avversari, che partivano nettamente sfavoriti.

Sfavoriti al punto da avere contro una quota di
1 a 10.

Quando è uscito, ho seguito Roberto. Adesso
non era difficile, con la mia monovolume, stare
dietro alla sua piccola macchina rossa. Intanto ri-
flettevo con tutta la velocità e la frenesia che il pensiero poteva mettere a mia disposizione. La *L.* del
biglietto non poteva essere Bernini, che di nome
fa Giacomo. E poi perché scambiarsi dei biglietti,
quando tutti i giorni si vedevano al campo e potevano parlarsi di persona, come avevano appena
fatto? E come avrebbe potuto fare con qualunque
altro calciatore della squadra.

La persona in questione doveva essere uno di
quelli che muovevano le fila dell'imbroglio, qualcuno al di fuori della squadra, qualcuno in grado di
piazzare le scommesse senza rischio per i giocatori.

Ho guidato con le lacrime agli occhi, senza potere neppure avere il conforto dei tergicristalli,
solo quello molto piú infantile delle maniche della

camicia. Mi sono tenuto a distanza, in modo che non mi vedesse, senza timore di perderlo perché sapevo bene dove era diretto.

Al cimitero.

E questa volta senza un mazzo di tulipani.

Sesto

Proseguo sulla strada. È la stessa su cui ho seguito Roberto, pochi giorni fa, prima che il mondo mi crollasse definitivamente addosso. Arrivo al piazzale del cimitero. Non ci sono molte macchine, visto il giorno ma soprattutto l'ora. Oggi non ho bisogno di nascondermi, come ho fatto l'altra volta. Quando ho aspettato che Roberto girasse l'angolo, per andarsi a parcheggiare sul lato sinistro del camposanto. Allora ho preso la strada che costeggia tutto intorno il quadrato delle mura di cinta, per arrivare dal lato opposto all'ingresso, il lato meno frequentato, con un piccolo spiazzo ancora sterrato che confina con un terreno coltivato a grano. Le macchine arrivano a essere parcheggiate fin qui solo il giorno dei Morti, quando tutti di colpo paiono ricordarsi dei propri defunti, perché questo è il dettame delle ricorrenze comandate. La malinconia canonica dei Santi, l'allegria forzata di Capodanno o Carnevale.

Quando tutto dovrebbe essere e invece, quasi sempre, non è.

Sono arrivato all'angolo, ho fermato la monovolume e sono sceso.

Ho fatto capolino.

Nessuno.

Sono risalito in macchina e mi sono spinto fino

all'angolo opposto per fare la stessa cosa. Mentre percorrevo il vialetto, ho visto che sul muro alla mia sinistra qualcuno aveva tracciato una scritta con una bomboletta spray.

FORZA VESUVIO! FORZA ETNA!

Non avevo né il tempo né la testa per commentare dentro di me gli afflati razzisti di quello sconosciuto idiota. Sono passato oltre e ho ripetuto gli stessi movimenti. Quando mi sono sporto oltre il muro, ho visto a una decina di metri da me una Mercedes nera, lunga e lucida. Di fianco, dall'altra parte, c'era la piccola Opel di Roberto, parcheggiata in modo da dare la massima copertura alle tre persone che stavano nella macchina piú grande. Due erano sedute sui sedili anteriori, la terza in centro, sul sedile posteriore, sporto in avanti per seguire meglio la conversazione.

Il finestrino del guidatore si è aperto e ho visto la cicca di una sigaretta cadere a terra. Il finestrino si è subito richiuso, confondendo le immagini con il riflesso del cielo. Non ho potuto vedere in viso la persona. L'unica cosa che ho notato è che portava un berretto di quelli che usano le squadre di baseball, con la calottina blu e la visiera rossa.

Sono rimasto a osservare, immobile in quella posizione, per non so quanto tempo. Forse un'ora, forse un anno, forse per sempre. Per sentire quello che dicevano avrei dato quello che mi restava da vivere, riservandomi solo il tempo sufficiente per convincere mio figlio a non fare cazzate.

A un certo punto, le due portiere dall'altra parte si sono aperte. Roberto è sceso e ha ceduto il posto sul sedile anteriore a quell'altro, che doveva essersi spostato per mettere mio figlio al centro dell'attenzione. Dalla mia posizione ho potuto vederlo bene in viso. Per mia fortuna, anche se per leggere devo usare gli occhiali, da lontano ho ancora dieci decimi. L'ho riconosciuto subito e di colpo mi sono sentito come se avessi di nuovo preso a pugni il sacco, col fiato corto e il cuore che batteva a martello.

Mi sono ritratto e mi sono appoggiato al muro, con le gambe che parevano prive di ossa all'interno. Mi sono arrivate addosso e dentro parole, sensazioni, movimenti, paure, sconforti, solitudine. Cose che credevo dimenticate, sotto la spinta dell'angoscia, uscivano dalla memoria come se tutto fosse successo ieri.

Perché tutto stava di nuovo succedendo, proprio sotto i miei occhi.

È passato del tempo, tanto tempo. Quell'uomo è invecchiato, come me del resto. Ma i capelli sono ancora folti e la fisionomia non è cambiata per nulla, solo qualche ruga disegnata dall'età e forse da frequenti eccessi di alcol o cocaina. È rimasta la sensazione che, per quanto si lavi, non riuscirà mai a convincere il mondo di essere pulito.

Sono rimasto addossato al muro finché ho sentito, a breve distanza l'una dall'altra, due portiere sbattere. Infine i motori che si mettevano in moto e poco dopo il loro suono che si perdeva nel rumore lontano del traffico. Sono risalito in macchina e ho girato per la città, fumando e pensando, incapace ancora di credere ma costretto a farlo dall'evidenza dei fatti.

Ora non ho piú problemi e posso parcheggiare proprio accanto al cancello d'ingresso, sopra il
quale la saggezza di una frase latina rammenta che
nello stesso posto stanno sia il ricco che il povero.

Guardo l'ora. L'appuntamento con Di Risio è
ancora lontano. Il tempo non è mai quello che vor-
remmo. A volte vola, a volte passa troppo lento. A
volte semplicemente passa, quando invece lo vor-
remmo fermare.

Al chiosco dei fiori compro dei tulipani. La fio-
raia mi conosce e mi prepara quello che prendo
sempre, senza nemmeno bisogno di parlare. Pa-
go il dovuto, senza scambiare una parola. Anche
a questo la donna è abituata. Però sa chi sono io e
chi è mio figlio e forse oggi vorrebbe dirmi qualcosa della partita, avere un pronostico, un'indiscre-
zione. Perché quello di oggi è un avvenimento che
coinvolge tutta la città, anche chi di solito non si
interessa di calcio.

Ma la mia faccia deve essere davvero poco comu-
nicativa, perché la donna si limita a dire una cifra
e a intascarla, lanciandomi alle spalle un «Buona
giornata», che sento solo a metà.

Cammino veloce e poco dopo sono davanti alla
tomba di mia moglie. La ghiaia, scricchiolando, ha
preannunciato il mio arrivo a chi non può sentirlo.
Mi fermo in piedi davanti alla lapide. La posizione
del sole non permette all'ombra di unirci, questa
volta. Ho bisogno di allungare una mano e toccare
la foto, per sentirla vicina.

Un istante solo, poi la mano torna a essere solo mia.

Elena ha detto piú volte, quando se ne parlava,

che voleva essere sepolta nella terra. Ho sempre
cercato di accontentarla da viva, provando a indovinare i suoi desideri, perché non mi ha chiesto
mai niente. Mi è sembrato normale accontentarla
nell'unica cosa che mi aveva espressamente indicato.

I tulipani nel vaso sono sfioriti. Ora che inizia il
caldo, è una follia avere la pretesa di mettere fiori
freschi. Ma non ho mai sopportato la sufficienza
dei fiori finti, che restano belli per sempre e proprio per questo non sono belli mai.

Tiro via i fiori vecchi e li vado a gettare nel cas-
sonetto dei rifiuti. A pochi passi c'è un rubinetto.
Riempio il vaso d'acqua e sistemo i fiori freschi.

Questa volta sono solo i miei.

Sistemo il vaso sul piano, mi rialzo e guardo il
viso sereno di mia moglie, dolce e sorridente nella foto. Ormai è molto piú giovane di me, perché
lei ha fermato il tempo, ma nel modo peggiore.
Perdendo il suo e obbligando me a viverne di piú.

– Ci ho parlato, ma non è servito a niente.

Questa frase mi è uscita dalla bocca quasi senza
volere. E rievoca la conversazione che ho avuto con
mio figlio, la sera dopo averlo sorpreso al cimitero
con quell'uomo. Quando l'ho atteso a casa, seduto
sulla mia poltrona, davanti a una trasmissione te-
levisiva che guardavo senza vederla. La porta che
si chiudeva ha fatto lo stesso scatto nel mio petto. Me lo sono trovato di fronte, con una sacca in
mano, fermo nel riquadro della porta. In qualche
modo ha capito che lo stavo aspettando. Nel suo
saluto c'era il desiderio di sapere perché.

«Ciao papà».

«Ciao».

Ha fatto un passo verso di me. Ho spento il televisore.

Ho deciso che era il caso di andare giú duro,
senza cani e senza aie.

«Che intenzione hai? O meglio, che intenzioni avete?»

«Di cosa stai parlando, papà?»

Un accenno di sospetto.

«Ti ho visto con quell'uomo, ieri sera».

Ora il sospetto era diventato allarme.

«Quale uomo?»

Ho scandito bene le parole.

«Luciano Chirminisi. Sul piazzale del cimitero».

Roberto si è ammutolito di colpo. Dalla mia
espressione ha capito che sapevo tutto. Mi ha guardato e nei suoi occhi c'erano un sacco di domande
alle quali avrebbe voluto una risposta. Ma le mie
erano piú urgenti e piú importanti.

«In quanti ci siete dentro? Della squadra, intendo?»

Lui ha sospirato. Poi ha lasciato cadere la sacca
e mi ha girato le spalle.

«Stanne fuori, papà».

Mi sono avvicinato, l'ho afferrato per un braccio e l'ho voltato a forza verso di me.

«Stanne fuori?»

Ho alzato la voce, perché ero arrabbiato sia con
lui che con il resto dell'umanità.

«Stanne fuori, mi dici? Ma siete impazziti, tu e
tutti gli altri? Volete finire in galera?»

Roberto mi ha guardato, poi un sorriso beffar-
do è apparso sul suo viso. Mi ha indicato con un
gesto rapido della mano.

«Senti da che pulpito viene la predica».

Me lo aspettavo. Era una vita che lo aspettavo. Per questo non mi ha sorpreso.

«È proprio perché ci sono stato, in galera, che
vorrei evitare a te di finirci. E di rovinarti, impe-
gnando in questa follia tutto quello che possiedi».

Mi sono allontanato di un passo. Lui guardava
il piano del tavolo, la testa bassa.

«Me l'ero quasi bevuta, la storia dell'affare per
la vendita della casa e della macchina».

Ho fatto una pausa per riprendere fiato. Poi
quasi senza volere, ho cambiato tono.

«Ma perché vuoi rischiare di gettare al vento
tutto quello per cui hai lavorato? La carriera, i...»

Mi ha interrotto. Stavolta è stato lui ad alzare
il tono della voce, quasi con rabbia.

«Ma di quale carriera stai parlando papà? Sono
solo un giocatore di Serie B. Per un motivo che non
mi so spiegare, sto vivendo un buon momento. Ma
finisce tutto qua. Non ci sono prospettive. Se la
squadra passa in A, cosa credi che cambi? Niente,
ecco cosa cambierà».

Mi ha dato il tempo di assimilare il significato
di quello che stava dicendo.

«Guardiamo in faccia la realtà. Non sarò mai né
Messi né Cristiano Ronaldo né Del Piero. L'ingag-
gio resterà lo stesso, quello di un buon calciatore
verso fine carriera. Con la prospettiva di aprire un
ristorante quando avrò smesso di giocare, magari
chiamandolo *Il Grinta*».

Adesso parlava concitato. Non ho capito quanto per convincere me e quanto per convincere se
stesso. Aveva paura e si vedeva.

«Posso mettermi in tasca trenta milioni di euro, con questo affare. È una cifra che permette a un uomo di sistemarsi per tutta la vita».

Ho risposto quello che sapevo da sempre. E del quale non mi sono mai perdonato.

«Anche una condanna sistema un uomo per tutta la vita. Hai dimenticato quello che hai vissuto con me?»

Roberto ha fatto un segno di diniego con la testa.

«No che non l'ho dimenticato. E sono sicuro che non l'hai dimenticato nemmeno tu. Per questo sono sicuro che non andrai a denunciarmi. Perché non vuoi che io sopporti le stesse cose che hai dovuto sopportare tu».

Si è avvicinato e mi ha parlato con il tono che si usa fra vecchi amici.

«Dài, papà. Trenta milioni sono un sacco di soldi».

Ha fatto una pausa, prima di uccidermi.

«Se vuoi c'è qualcosa anche per te».

Il pugno è partito per reazione al dolore. Per fortuna sono riuscito a bloccarlo a un centimetro dalla sua faccia. Roberto è rimasto per un secondo come pietrificato.

Poi, guardandomi come se non mi avesse mai visto, ha fatto un passo indietro.

Due.

Infine si è girato, ha percorso il corridoio e si è diretto alla porta d'ingresso.

Prima di uscire mi ha lanciato un ultimo sguardo e un avvertimento.

«Non fare sciocchezze, Silver».

Mi ha lasciato solo e in quel momento l'unico

posto dove avrei voluto essere è dove sono adesso, davanti alla tomba di mia moglie. Guardo di nuovo l'ora. Il tempo è tornato a girare al suo ritmo e devo andare. Verso l'incontro piú difficile della mia vita.

Guardo ancora una volta la foto sulla lapide.

– Aiutami.

La parola mi esce in un soffio. È l'unica cosa che sono in grado di dire. Non ho nessuno da pregare, perché non ho mai creduto in Dio. Ma per tutta la mia vita ho sempre creduto in Elena.

Settimo

Nel parcheggio dello stadio, adesso, le macchine sono molto piú numerose. Ci sono anche dei pullman e altri ne stanno arrivando. I cancelli sono aperti e ci sono tutti gli addetti che controllano gli ingressi. Davanti alla biglietteria staziona una piccola coda di gente, a cercare un biglietto ormai introvabile. L'importanza della partita ha fatto arrivare perfino qui dei bagarini, che individuo dal passo ozioso sul piazzale e dal modo con cui si avvicinano alla gente. Ci sono dei furgoni sistemati nei punti strategici che vendono bibite e panini e qualche bancarella di gadget, con bandiere e maglie della squadra di casa appese alle stecche degli ombrelloni. Parecchie hanno sulla schiena il numero 21 e la scritta IL GRINTA.

Questo senso di attesa, di preparazione, di tensione pronta a esplodere in un urlo, era questo che faceva grande giocare di domenica. Una specie di posticipo del sabato del villaggio, che consentiva alla festa di avere ancora un residuo di effervescenza. Andava bene, andava male, non andava proprio. Ma il lunedí si rientrava nella normalità della vita di tutti i giorni. Adesso può succedere che si abbia una domenica da passare e nello stesso tempo avere il peso di cose da recriminare.

E a volte capita pure che piove.

Mi avvicino al cancello del passo carraio. Sfila di fianco a me un gruppo di ragazzi che con orgoglio rionale stanno trasportando in fila indiana uno striscione già aperto. Sulla tela bianca c'è una scritta rossa, tracciata in lettere maiuscole con una bomboletta spray.

OLTREPONTE FAN CLUB

Mi fermo davanti all'inferriata. Un addetto mi vede e viene verso di me per aprirmi. Mi appoggio allo schienale e accendo una sigaretta. Ripenso a quei ragazzi con lo striscione. I ricordi hanno bisogno di molto tempo per sparire. Ma gli basta un nulla per riaffiorare. Una voce, un suono, un'immagine, un profumo, un odore.

Una frazione di secondo e mi ritrovo nel posto dove sono cresciuto.

Nel mio quartiere le buone maniere non esistevano. Non nel senso canonico del termine, almeno. Quando ti scappa e per andare in bagno sei costretto a percorrere un ballatoio e passare davanti a tre o quattro porte, la confidenza è un diritto di nascita. La tazza unisce gli esseri umani piú di un'ideologia comune. Le famiglie avevano il senso di collaborazione dei topi intrappolati nelle damigiane, per via di una situazione che era veramente di tutti: la cronica difficoltà ad arrivare alla fine del mese.

Mia madre e mio padre erano operai in un'epoca difficile, in cui le tutele non erano tutte quelle di adesso. Però in casa arrivavano due stipendi e non ce la cavavamo male. In piú il buon Gino Masoero aveva il suo orto e mia madre, facendo i salti mortali con i turni in fabbrica, andava a fare delle ore presso certe famiglie in centro.

L'unico problema era che i miei non li vedevo mai.

Io sono stato cresciuto dalla nonna paterna, che abitava nel nostro stesso palazzo, in due stanze sul cortile. Era una donna piccola, magra, un croccante per gli orchi. Aveva il trentaquattro di scarpe e seduta sulla sedia non toccava con i piedi a terra. Era arrivata a malapena alla licenza elementare, se c'era arrivata. Mi sono reso conto solo dopo anni che era zoppa. Semplicemente non mi ero mai posto il problema di come camminasse mia nonna.

Era la nonna e basta.

A volte, nei pomeriggi d'inverno, ci mettevamo davanti alla finestra e lei mi leggeva i fumetti. Mi piacevano quelli di Superman, che all'epoca era conosciuto in Italia come Nembo Kid. La nonna aveva una certa difficoltà a distinguere fra la enne e la emme e ignorava del tutto l'esistenza della lettera kappa. Finché non sono andato a scuola, sono cresciuto sentendo chiamare il mio eroe preferito Membo Rid.

Ma per il posto dove stavo, andava bene anche cosí.

Le elementari le ho frequentate nel quartiere, dove ero un bambino come gli altri. Forse un pochino meno studioso, un poco piú vivace e molto piú rissoso. Risolvere le questioni con i pugni, fra i bambini di oltreponte, rientrava in una specie di legge della giungla, non scritta ma non per questo meno in vigore. Se si prendevano le botte da

un altro bambino, era vietato andarsi a lamentare
con i genitori.

Per due motivi.

Il primo è che si contravveniva a una specie di
codice d'onore. Il secondo, molto piú valido, che si
rischiava di prenderle una seconda volta dal proprio
padre. Le grane sono arrivate quando ho iniziato
le medie, che stavano verso il centro. Per andarci
dovevo superare il ponte, che divideva due civiltà.

Da una parte c'era l'eguaglianza sociale. Dall'altra parte il mondo, quello vero.

Ho dovuto rendermi conto che in città c'erano dei ragazzi diversi, figli di notai, di medici, di
avvocati, di commercianti. Che arrivavano tutti i
giorni a scuola in macchina e non era una Seicento
di terza mano comprata a rate. Che i calzoni corti
erano all'inglese, di quelli che arrivavano alle ginocchia, come si vedevano nei film di Freddie Bartho-
lomew alla televisione. Che le ragazze erano belle,
con quei vestiti comprati nei negozi di via Dante
e non all'Upim o da una signora che passava con il
carretto nel quartiere.

Avevo un solo modo per non sentirmi inferiore.

Picchiare tutti.

Non ricordo quante volte ho attraversato il ponte
guardando il pianale di una macchina sconosciuta,
accompagnato dal preside, da un vigile o da un genitore al quale avevo strapazzato il figlio. A casa,
mio padre menava e mia madre piangeva. Io non mi
lasciavo scappare un lamento e non piangevo mai.

Anche quello era una specie di codice d'onore.
Mio personale, questa volta.

Mi sono fatto una brutta fama, uno additato

come soggetto poco raccomandabile. Uno di quelli
che da grande finirà male. Mia nonna si aggirava
per casa zoppicando e con la sua voce lamentosa
mi diceva che prima o poi li avrei fatti finire sul
giornale. Mio padre mangiava e non parlava. Non
lo ha fatto mai, finché è vissuto.

Io stavo da solo e andavo al fiume.

C'erano salici e quelli che in dialetto si chiamano *bisún*, arbusti non meglio identificati. Mi ero
fatto una lenza, annodata in cima a una canna di
bambú. Un filo di nylon, ami e piombo che lancia-
vo a mano verso il centro del fiume, spostando la
canna e bloccandola con dei sassi per mantenere il
filo tirato. Quando prendevo un pesce e lo tiravo
verso di me e sentivo la lenza agitarsi nelle mani
era come aprire un regalo di Natale, finché il ca-
vedano o il barbo o la carpa usciva dall'acqua e io
non scoprivo che cos'era.

La sera mia madre lo cucinava e mio padre si lasciava sfuggire uno dei suoi rari sorrisi e commenta-
va che era buono e diceva bravi a me e a mia madre.
In quelle sere mi sentivo tranquillo ma niente era
come il pomeriggio passato seduto su un sasso, con
l'acqua che scorreva e il fresco dei salici, lo sguardo
fisso su una lenza che si confondeva con le nuvole.

Il rumore del cancello che ruota sui cardini mi
obbliga a tornare. Sono Silvano Masoero, detto
Silver, ho piú di sessant'anni, sono un ex pugile
e un pregiudicato. Ho una partita da giocare e la
devo giocare bene, perché io sono l'unico che può
permettersi di perdere.

Mollo la frizione e supero il cancello che si ri-
chiude alle mie spalle. Attraverso la piazzola dove

verranno parcheggiate le macchine dei giornalisti, supero l'ingresso degli Altri, l'ingresso degli arbitri e sono davanti al nostro spogliatoio.

Ci sono delle macchine sotto la pensilina.

Quella del Mister non c'è ancora.

Andrea, uno dei miei aiutanti, è in piedi davanti all'ingresso e mi sta aspettando. È un ragazzo alto, robusto, con occhi un poco infossati e un mare di capelli come fili di ferro. Porta addosso i segni di una leggera acromegalia, che accentua l'impressione di vigore che ispira a prima vista. In effetti, adesso è lui quello forte che non rompe i coglioni.

Mi fermo davanti ai suoi piedi. Scendo dalla monovolume e faccio scorrere la portiera. Il suo saluto si confonde con il rumore del pannello che scivola sulle guide.

– Ciao Silver.

Andrea ha una voce bassa e gutturale. Quando è nervoso o eccitato, ha la tendenza a trattenere un poco la parola. La natura si è fermata un istante prima di farlo balbettare. Qualcuno degli altri miei sottoposti lo ha preso in giro, quando ha iniziato a lavorare con noi. Poi ho fatto loro un discorso, nel quale ho spiegato che Andrea mi era indispensabile. Chiunque altro poteva essere rimpiazzato in qualunque momento. Da allora in poi lo hanno lasciato stare.

– Ciao Andrea.

– Hai visto i ragazzi? Come sta Roberto?

– No, non li ho visti. Ho preferito non andare all'albergo. Meglio lasciarli tranquilli.

Andrea è il primo fan di mio figlio e uno dei piú grandi tifosi della squadra. Ma non posso spiegar-

gli i motivi per cui non sono salito fino all'*Hotel
Martone*. Quello che gli ho fornito pare bastargli.

– Liborio è già arrivato?

– Sí, è di là che si sta cambiando.

Liborio Sciascia è un altro dei miei aiutanti. Sarà
nello spogliatoio che si sta mettendo la tuta sociale,
quella che tutti indossiamo durante le partite. E la
pettorina che serve da riferimento per l'ingresso in
campo e per i giocatori.

– Chiamalo e scaricate la roba. Mi cambio anche
io e vengo ad aiutarvi a sistemarla.

Sistemare la roba vuole dire disporre tutto in
modo che i calciatori abbiano ogni cosa a portata di mano nell'armadietto, quando arrivano per
cambiarsi. Maglia, pantaloncini, calzettoni, parastinchi, scarpe, asciugamani. Il materiale di riser-
va lo teniamo sottomano noi, nel caso durante la
partita bisognasse cambiare al volo una maglia o
un paio di calzoncini.

Lascio Andrea e mi infilo nel corridoio che porta
allo spogliatoio vero e proprio. Attraverso l'Arena,
la zona in cui si mettono i giornalisti dopo la partita, sui due lati, per rivolgere domande ai giocatori
a mano a mano che escono. Questa situazione mi
ha sempre fatto venire in mente le prove di forza
che si vedono nei film western, quelle in vigore fra
i pellerossa, quando un tipo deve correre fra due
ali di guerrieri che lo picchiano con dei bastoni.

Prima di andare a cambiarmi seguo una mia vecchia abitudine.

Come fanno i giocatori, prima di entrare nello
spogliatoio vado a vedere il campo.

Sbuco dal tunnel e ho, in un solo colpo d'occhio,

la visuale dello stadio. Il rettangolo verde è un circo in attesa dei gladiatori. La gente sugli spalti non ha il potere di decidere nulla. Niente pollice alzato o pollice verso. Sono quelle ventidue figure colorate sul terreno che hanno il destino degli spettatori in pugno.

Nello stadio non c'è tanta gente. Manca ancora tempo alla partita e quelli che hanno i biglietti sicuri se la prenderanno con comodo. Sono certo che qualcuno, fra quelli che lavorano di sabato, ha preso un giorno di ferie pur di non mancare a questo evento.

Lo striscione di oltreponte è in corso di sistemazione, sulla gradinata sud. Io alzo gli occhi al cielo, azzurro e limpido. Da quella parte, fra poco, arriverà l'elicottero di Martinazzoli, che non perde occasione per esibire la sua ricchezza e dimostrare chi è il padrone. A contendergli la scena ci sarà solo una nuvola, che è apparsa come dal niente e ora sta sospesa proprio sullo stadio, bianca e sola.

Ottavo

Lascio lo stadio alla gente in arrivo e al rito che verrà officiato in campo. Ripercorro il tunnel diretto verso il nostro piccolo spogliatoio. La scena si sta animando. A metà strada incrocio Schenetti, il massaggiatore ufficiale della squadra. Robusto, collo taurino, rasato a zero, con muscoli che premono e spuntano dalla maglietta a manica corta. Il suo aspetto lo rende un'autentica icona del suo lavoro.

– Ciao Silver. Sei pronto?

Gli sorrido e fingo un entusiasmo che non ho.

– Prontissimo.

Lui mi appoggia un pugno scherzoso a una spalla.

– Oggi si fa la Serie A o si muore.

– Obbedisco.

Lascio a Schenetti le nostre reminiscenze patriottiche ed entro nella stanza. Inizio a spogliarmi, per indossare i calzoni della tuta e la T-shirt che mi qualificano come uno dello staff. Intanto penso ai casi della vita. Lo zio del massaggiatore, mio professore alle superiori, è stato una delle persone piú importanti della mia vita, qualunque cosa questo significhi.

Dopo le medie mi sono iscritto all'Istituto tecnico industriale, perché si imparava un lavoro e si usciva con in mano «un pezzo di carta», come i miei chiamavano il diploma da perito. Per me andava bene tutto, perché non mi importava un cazzo di nulla. Al Guglielmo Marconi la frequentazione era di nuovo un poco piú popolare, perché i ragazzi di alto lignaggio, come li chiamavo io, per *noblesse oblige* e tradizione familiare avevano scelto quasi tutti il Classico o lo Scientifico.

Ma per me le cose non erano cambiate molto. L'ambiente non significava nulla. Il mio carattere non ammetteva angherie, non ammetteva soprusi. Non ammetteva nemmeno commenti sussurrati alle spalle.

La reazione era sempre la stessa. A volte facevo a botte con ragazzi piú grandi di me, che mi suonavano come un tamburo. Ma non mollavo, non piangevo, ascoltavo solo la mia rabbia che prima o poi mi faceva mettere a segno qualche colpo duro, anche se lo pagavo con gli interessi.

Gli unici a cui interessava essere miei amici non interessavano a me.

Lo studio andava come andava. Anche se per il rotto della cuffia, riuscivo a tirare avanti. I miei avevano perso ogni speranza di comunicare con me, io avevo perso ogni voglia di comunicare con loro.

Prendevamo quello che veniva. Poco o niente.

I professori mi guardavano con timore, sospetto, aperta avversione. La mia bestia nera era il professor Ruggero Schenetti, Chimica, un uomo grande e grosso che non perdeva occasione per sottolineare quanto riprovevole fosse il mio comportamento. Una volta, quando mi sono presentato in classe con in viso i segni evidenti di una scazzottata, mi ha definito «L'abominevole uomo di oltreponte».

Quel soprannome mi è rimasto a lungo, anche se nessuno aveva il coraggio di pronunciarlo in mia presenza.

L'unica persona con cui avevo un bel rapporto era la professoressa Lusini. Era una bella donna, alta e morbida, con labbra piene e incredibili occhi azzurri. Credo che sia stata responsabile di decine e decine di frenetiche masturbazioni notturne da parte dei suoi studenti, me compreso. A volte la sorprendevo che mi guardava in modo strano e quando mi parlava era gentile, come se io fossi un ragazzo senza problemi, come tutti gli altri.

Poi un giorno, facevo la quarta, a poche ore di distanza sono successe due cose.

Sono andato a pescare, subito dopo la scuola, approfittando di una giornata di primavera che era una risposta della natura alle miserie umane. In compenso non ho preso nemmeno un pesce. Questa cosa di solito mi metteva di malumore, ma quel giorno stavo talmente bene e in pace che non me ne importava piú di tanto. Al ritorno ho visto una macchina ferma in mezzo a un pioppeto. Ho appoggiato la canna a terra e mi sono avvicinato di nascosto, tenendomi al riparo degli alberi. Sono riuscito ad accostarmi a sufficienza per vedere chi c'era all'interno.

Una coppia avvinghiata, la donna appoggiata allo schienale con le tette di fuori e un uomo che gliele stava baciando. Lei aveva gli occhi chiusi ma dal finestrino aperto l'ho riconosciuta lo stesso. Era la moglie del professor Schenetti, che il pomeriggio aveva lezione. Sono rimasto a guardare fino alla fine di quella scopata che rappresentava, oltre che un piacere per i partecipanti, una personale vendetta nei confronti del mio aguzzino.

Poi me ne sono andato nello stesso modo, senza essere visto.

Il giorno dopo, a scuola, quando è suonato l'intervallo, ci siamo riversati tutti fuori. Nel corridoio c'erano studenti e insegnanti che rientravano in sala professori.

Metà del mondo, insomma.

Una mano mi ha afferrato i capelli da dietro. Poi è arrivata la voce di Schenetti.

«Eccolo qua, l'abominevole uomo di oltreponte. Vai a tagliarti questi capelli, prima che ti porti io dal parrucchiere».

Quando mi ha lasciato, mi sono girato verso di lui. La risposta è stata un sibilo di serpente.

«Invece di portare me dal parrucchiere, vada a vedere piuttosto che cosa fa sua moglie».

Tutti hanno sentito tutto. Schenetti era un professore, ma era anche un uomo. Ha perso ogni controllo. Lo schiaffo mi è arrivato a mano piena, sulla guancia. Mi è fischiato l'orecchio e per una frazione di secondo la luce se n'è andata.

Il pugno mi è partito velocissimo, d'istinto. L'ho preso alla punta del mento. Ho sentito il rumore di due dita che si spezzavano, ma non il dolore. Il dolore è arrivato dopo. In quel momento ero troppo affascinato dall'espressione del professor Ruggero Schenetti, che ha storto la bocca e mostrato il bianco degli occhi. Poi gli sono mancate le gambe ed è caduto svenuto sul pavimento.

Mi sono guardato intorno. C'era un silenzio che solo anni dopo sono riuscito a paragonare a un ter-

reno di guerra quando la battaglia è finita. Poi una
ragazza ha iniziato a strillare e decine di ragazzi
hanno iniziato a ridere. La Lusini mi guardava con
gli occhi lucidi e il petto ansante, come se facesse
fatica a respirare.

I ragazzi sono stati fatti rientrare in classe dagli insegnanti prima della fine della ricreazione. In
cinque minuti è arrivato il preside e in quindici la
polizia. Il professore si è ripreso, grazie a una robu-
sta annusata di sali arrivati subito dall'infermeria
della scuola. Non ha ritenuto opportuno sporgere
denuncia, penso per timore che in qualche sede
pubblica si ampliasse il discorso sui movimenti della moglie quando lui era impegnato con le lezioni.

Addirittura si è scusato per avermi colpito.

Io mi sentivo leggero. È stato il primo knock-
out della mia vita e quello che ho provato è stato fantastico, anche se l'ho pagato con due dita
ingessate. Il preside la pensava diversamente e
sono stato espulso in via definitiva dalla scuola.
Quando la notizia è arrivata a casa, mia madre si
è messa a piangere. Mio padre non mi ha mena-
to. Non lo faceva piú da tempo e penso, alla luce
di quello che aveva sentito raccontare, che avesse paura di me.

In attesa di decidere che fare della mia vita, bi-
ghellonavo al fiume e andavo a guadagnare qualche spicciolo pulendo i vetri delle macchine che
si fermavano alla stazione della Bp sul viale. Un
pomeriggio, mentre stavo leggendo un vecchio fu-
metto di un eroe volante che finalmente era tornato a chiamarsi Nembo Kid, ho sentito suonare
il campanello.

Ho aperto la porta e mi sono trovato di fronte un uomo alto, con i capelli bianchi e una pipa in bocca. Era il professor Mosso, mio insegnante di Educazione fisica.

«Ciao Masoero».

«Buongiorno, professore».

Non ha nemmeno chiesto di entrare in casa. Tutto il discorso è avvenuto lí, sulla soglia.

«Solo due parole. Ero in corridoio l'altro giorno e ho visto quello che è successo fra te e quell'idiota di Schenetti».

Io sono rimasto in silenzio. Non riuscivo a capire dove volesse andare a parare.

Lui mi ha sorriso.

«Hai un destro che è dinamite. Hai mai pensato di provare con il pugilato?»

Cosí è cominciato tutto.

Sono stato consegnato nelle mani del proprietario di una palestra in via del Doge, un ex pugile, un certo Nino Manina. L'ho visto confabulare con il professor Mosso, mentre io me ne stavo in piedi con le mani in tasca, guardandomi in giro, curioso di quello che vedevo. Il ring, il sacco, la pera, diversi tipi di punching-ball e altri attrezzi di cui ignoravo l'uso ma che col tempo mi sarebbero diventati familiari.

Ho fatto un test, colpendo a mani nude le protezioni imbottite che coprivano le mani di Manina. Alla fine, quando non avevo quasi piú fiato, sono stato fermato. Lo sguardo che alla fine i due si sono scambiati è stato eloquente.

Ho iniziato ad allenarmi, provando la sensazione di avere finalmente trovato quello per cui ero nato. Picchiavo e schivavo, schivavo e picchiavo. Sul sacco c'erano le facce di tutti quelli con cui avevo fatto a cazzotti, a torto o a ragione. Finalmente un giorno sono salito sul ring. Dopo pochi secondi era tutto finito. Il mio avversario era steso a terra e io avevo vinto. Ho fatto qualche incontro da juniores, vincendoli tutti. Poi sono passato alla categoria superiore e ho continuato a fare strage.

Sono diventato famoso, in città. Ormai ero Silvano «Silver» Masoero, una piccola leggenda. Ai miei incontri c'era sempre il tutto esaurito. Di colpo avevo amici, gente che l'aveva sempre detto, ragazze con gli occhi languidi e un'eccitazione isterica durante i combattimenti. Addirittura un giorno, dopo un allenamento, ho trovato ad aspettarmi fuori dalla palestra la professoressa Lusini. Mi ha portato a casa sua e ho saputo, mentre eravamo distesi a letto, che il giorno che avevo colpito Schenetti le avevo procurato il piú grande stimolo sessuale della sua vita.

La mia esistenza è cambiata. Nino, che era una persona onesta, mi ha confessato di non essere in grado di gestire un talento come il mio. Sono stato presentato a due fratelli, Alessandro e Giuseppe Messina, proprietari di una palestra a Milano e manager di professionisti. Sono entrato nella loro scuderia e ho cominciato una serie di incontri, perdendone solo uno. Avevo una percentuale di vittoria prima del limite del sessanta per cento.

Poi è arrivato il giorno maledetto. Dovevo disputare un incontro a Perugia. Il vincitore di quell'incontro avrebbe affrontato il detentore del titolo italiano. Mentre mi allenavo, facendo avanti e indietro con Milano, un giorno sono stato avvicinato da due uomini. Un tipo sui cinquanta e un ragazzo giovane, forse di qualche anno piú vecchio di me. Li avevo visti gironzolare per la palestra e li avevo notati fra il pubblico a un mio incontro, senza che nessuno me li avesse mai presentati. Mi hanno portato a cena in un ristorante del centro e hanno iniziato a prendere le cose alla lontana. Prima di tutto un sacco di complimenti. Il mio destro, il mio jab, il mio gioco di gambe. Poi hanno iniziato a dire che un pugile, per i rischi che correva, avrebbe dovuto guadagnare molti piú soldi, che non era giusto farsi spaccare la faccia per due lire.

Poi sono arrivati al dunque.

Nel prossimo incontro io ero nettamente favorito. Il mio avversario era dato 1 a 7. C'era la possibilità di mettersi in tasca diversi milioni con le scommesse, senza intaccare la mia carriera, se io avessi deciso di perdere l'incontro.

Milioni.

Quella parola mi ha frastornato. Di colpo mi sono apparse davanti agli occhi tutte le cose che avrei potuto fare con quei soldi. La mia stupidità e la mia presunzione hanno fatto il resto.

Ho accettato e cosí è finito tutto.

L'uomo piú vecchio ormai è morto e dunque il suo nome non ha piú importanza. Quello piú giovane continua a chiamarsi Luciano Chirminisi ed è l'uomo che ho visto sul piazzale del cimitero parlare in macchina con mio figlio e il tipo col berretto.

Al ricordo sento che le mascelle mi si contraggono.

Non deve succedere di nuovo, non deve...

Fuori dalla porta sento il rumore di un passo. Poi la voce del Mister.

– Avete visto Silver, in giro?

Quella domanda risuona nella mia testa come il gong che dà inizio all'incontro.

Allora mi muovo dal mio angolo, apro la porta e vado a combattere.

Nono

Esco dallo spogliatoio giusto in tempo per vedere, in fondo al corridoio, la figura di Sandro Di Risio che entra nel suo. Chiudo la porta alle mie spalle e mi avvio. Quel breve spazio che ci divide lo percorro con il passo di un uomo che sta andando verso il patibolo.

Arrivo davanti alla porta e busso. Quando sento una voce che dice «Avanti», avrei voglia di scappare mille chilometri lontano. Invece giro la maniglia, apro e mi fermo sulla soglia. Lo spogliatoio del Mister non si può dire che sia sontuoso. In realtà non si può dire nemmeno che sia uno spogliatoio. Piú che altro una specie di camerino, dove stare tranquillo a raccogliere le idee, quando serve. O dove parlare a tu per tu con qualcuno. Un armadietto, un tavolo rotondo, due sedie, un divano rosso di finta pelle che sa di Ikea anche visto dalla luna. Un altro tavolino, messo di sbieco all'angolo sinistro, dove sono appoggiate delle bibite e della frutta. Di fianco, un poco spostata verso l'ingresso, la porta del bagno. Sulla parete di fronte, in alto, un lucernario lungo e stretto che illumina la stanza. Dovrebbe, a rigor di logica. In effetti è necessario tenere sempre la luce accesa, se ci si vuole vedere bene in faccia. Lo so perché questo era il

nostro spogliatoio, prima che in quello dell'allenatore saltassero le tubature del bagno. In attesa di
ristrutturazioni, Di Risio ha dovuto accontentar-
si di questa sistemazione e noi poveri cristi di una
specie di sgabuzzino.

– Buongiorno, Mister.

Lui è seduto sul divano. Appoggiato di fianco
ha un foglio di carta. Probabilmente è quello dove
ha scritto la formazione. Forse stava dandogli un
ultimo sguardo, chiedendosi se le sue conclusioni
erano giuste, con tutte le incertezze e le indecisio-
ni di chi alla fine è costretto a fare una scelta. Lo
deve avere posato accanto a sé quando ho bussato.
Mi fa segno di entrare e mi indica una sedia. Ha
il colletto della camicia aperto e la cravatta allen-
tata. È pallido e sudato, con due segni scuri sotto
gli occhi. La tensione di questi giorni deve averlo
schiantato.

– Vieni Silver.

Raggiungo la sedia. Mi siedo. Lo guardo. C'è
curiosità sul suo viso, ma la voce è roca, un poco
soffiata.

– Allora, cos'è questa cosa importante che de-
vi dirmi?

– Si sente bene?

Con la mano destra si massaggia il petto. La sua
voce smentisce le sue parole.

– Sí, tutto bene. Solo un poco stanco. Allora?

Mi appoggio allo schienale della sedia. Non ho
intenzione di prendere le cose alla lontana. Né mi
sembra il caso. Tutti e due siamo già stati sulla terra.

– Mister, sono al corrente del fatto che dei giocatori si sono messi d'accordo per vendere la partita.

Di Risio rimane in silenzio per qualche istante.
Mi guarda come se fossi il mio fantasma. Forse non
riesce a credere a me, forse non riesce a credere
alle sue orecchie.

– Ma cosa stai dicendo, Silver?

Temo che dovrà credere a tutti e tre.

– Le sto dicendo la verità. Anche io ho fatto fatica a convincermi, ma ho le prove.

Mi alzo e vado verso di lui. Infilo una mano
nella tasca della tuta. Tiro fuori il messaggio in-
criminato.

– Questo l'ho trovato nella spazzatura di casa
mia.

Gli tendo il foglietto e gli lascio il tempo di leg-
gerlo e assimilarlo.

Lo fa, poi alza la testa di scatto.

– Vuoi dire che…?

Lascia la frase in sospeso, come se avesse timore
di finirla. Lo faccio io per lui.

– Esatto. Uno dei giocatori coinvolti è mio figlio.

La mia voce suona nella stanza come quella di
Giuda quando ha accettato i trenta denari. Mi giro
e torno a sedermi. Appoggio i gomiti sulle ginocchia. Ho lo sguardo fisso a terra. Esattamente il
posto dove vorrei sprofondare. Ma so che sto facendo la cosa giusta.

– Ho seguito Roberto a quell'appuntamento. Infine l'ho affrontato. Ha confessato tutto.

Torno a rialzare lo sguardo su Di Risio.

– Mi ha chiesto di starne fuori. Ma io non posso. E l'unica persona con cui potevo parlarne è lei.

Il Mister mi osserva, continuando con la mano
destra a massaggiarsi il petto. Sa tutto di me e ca-

pisce bene quanto mi costi quello che sto dicendo, quello che sto facendo.

No, lo immagina e basta.

L'unico che può capire davvero sono io.

In breve gli racconto tutto, il che è troppo e nello stesso tempo troppo poco. Mancano i nomi degli altri calciatori che sono implicati nella faccenda, oltre a Roberto e Bernini.

Lui mi ascolta e intanto riflette. Il pallore del suo viso si è accentuato e la sua mano non smette di massaggiare il petto.

– Mister, è sicuro di stare bene? Vuole che chiami il medico?

Quando parla la sua voce è velata e roca.

– No, non c'è bisogno. Devo chiamare Gentile e farlo venire qui.

Armando Gentile è il suo vice, l'allenatore in seconda. Di Risio si alza, infila la mano sinistra in tasca della giacca e tira fuori il cellulare.

– Bisogna cambiare la formaz…

Una smorfia di dolore contrae il viso del Mister. Il suo braccio sinistro si piega sul petto e la mano si rattrappisce intorno al telefono. Cade seduto a corpo morto e subito dopo si inclina e si accascia con il viso sul divano, il braccio destro che penzola, la mano piegata sotto il polso.

Mi alzo di scatto e nello stesso tempo mi do dello stupido. Non sono un medico, ma chiunque sa riconoscere i sintomi di un attacco di cuore. Avrei dovuto capire, avrei dovuto chiedere aiuto non appena l'ho visto in quello stato. Invece ero cosí pressato dalla mia urgenza che non ho saputo dare importanza alla sua.

Mi avvicino a Di Risio e lo tiro su. È pallido in viso, le mascelle contratte. Tenendogli le mani sotto le ascelle, lo faccio scivolare a terra. Gli tocco la gola. Non sento nessun battito. Mi inginocchio di fianco al corpo e inizio a praticare un massaggio cardiaco. Quando ero in palestra mi hanno insegnato come si fa.

Appoggio le mani sovrapposte sullo sterno, leggermente spostate verso sinistra.

Uno, due, tre, quattro, cinque...

Dodici pressioni, che simulano dodici battiti. Poi mi avvicino alla testa, la inclino all'indietro e gli chiudo il naso con le dita. Copro la sua bocca con la mia e soffio.

Uno, due, tre...

Tre fiati, tre copie di un respiro.

Poi riparto da capo.

Continuo in questa maniera finché sono tutto sudato, senza ottenere nessuna reazione. Dal corpo steso sul pavimento non provengono segni di vita. Mi metto seduto, le ginocchia vicino al petto. Riprendo fiato. Appoggio le mani sulla faccia e permetto a poche lacrime di bagnarmi le dita, il mio inutile elogio funebre a Sandro Di Risio, allenatore di calcio, che non sono riuscito a salvare.

Mi rialzo e sto per andare a chiamare gente, quando il mio sguardo cade sul cellulare del morto, che è rimasto sul divano. Di colpo un'idea mi attraversa la mente, stupida e folle, come solo un uomo disperato può avere. Rimango qualche istante a fissare quel pezzetto di plastica, immobile e inerte sulla pelle rossa e finta del divano. In qualche secondo la mia decisione è presa. Senza la possibilità di tornare indietro.

Mi avvicino al povero Di Risio, mi chino e lo tiro seduto. Poi, con la massima delicatezza possibile, me lo carico sulle spalle. Era una persona di statura normale, magro e sottile. Adesso risulta sorprendentemente leggero, contrariamente a quello che dicono di un corpo del tutto rilassato. O forse la forza che sento nelle braccia e nelle gambe proviene dall'urgenza e dall'assurdità di quello che sto facendo, oltre che dalle tre sedute settimanali di allenamento alle quali tutt'ora mi sottopongo.

Un povero vecchio nostalgico, ancora non persuaso che i giochi sono finiti.

Sorreggendo il corpo, mi avvio verso il bagno. Supero la porta, facendo attenzione che il mio infelice carico non sbatta contro gli stipiti. È il minimo che posso fare. Mi sento in colpa verso questo povero essere umano che è morto prima di vedere avverarsi il suo sogno. Eppure, se quello che mi sono messo in testa funziona, forse ci sarà modo di regalarglielo lo stesso.

Entro nella stanza da bagno.

Fra i sanitari e il lavandino c'è una porta che dà su un magazzino, quello abbandonato dopo essere stato visitato dai ladri. Adesso sono in corso delle opere di ristrutturazione, per ricavare in alto una nuova sala stampa invece della pensilina dove stanno accampati i cronisti. Lo stadio sta cadendo a pezzi e l'arrivo di un nuovo sponsor dopo i successi di questo campionato ha accelerato l'inizio dei lavori.

La chiave è nella serratura. Lo è da sempre, per evitare che qualcuno proveniente dal magazzino sorprendesse qualcun altro seduto sulla tazza o con l'uccello in mano. Apro il battente di metallo e mi

trovo davanti una breve scala di tre gradini. La
scendo, con il corpo che inizia a pesare un poco di
piú. La porta che ho appena passato dovrà essere
murata. Sono contento che l'impresa abbia deciso
che questo sarà uno degli ultimi provvedimenti.
Forse un segno del destino, di quelli che indicano
la via. Spero che in questo caso non indichi per me
di nuovo la via della galera.

Attraverso uno spazio di dieci passi e mi dirigo verso le scale. Niente ascensore per i giornalisti. Se la devono sudare la bella vita. Purtroppo
questo significa che l'ascensore non c'è nemmeno per me.

Inizio la salita, gradino dopo gradino.

Adesso il corpo pesa parecchio e mi domando
se non ho chiesto troppo al mio fisico. Ma la forza
da qualche parte la devo trovare, altrimenti anche
la morte del Mister sarà stata inutile.

Durante il tragitto una voce nella testa mi dice
di fermarmi, di fare una sosta, di prendere fiato.
Mi rispondo che non c'è tempo. In qualche modo
arrivo in cima alle scale. Mi ritrovo in un ambiente ampio, rettangolare, con due pilastri a sorreg-
gere il soffitto. Tutto è in via di definizione. C'è
nell'aria odore di cemento e calce e sul pavimento
sono stesi dei pannelli di cartone. Le vetrate che
dànno sul campo sono già state montate, anche se
hanno ancora dei segni di gesso sui vetri.

Mi avvicino alle finestre e appoggio nel modo
piú delicato che posso il corpo di Sandro Di Risio
a terra, che per lui significa cartone e polvere. Gli
chiedo mentalmente perdono per quel trattamento
poco rispettoso. Rimango un attimo a guardarlo,

mentre riprendo fiato. Forse sarebbe giusto dire una preghiera, ma non c'è tempo.

Non c'è mai tempo.

E inoltre io non ne sono capace.

Mi chiedo solo se gli piacciono i tulipani. Un giorno ne porterò un mazzo anche a lui.

Mi riscuoto e torno veloce sui miei passi. Ripercorro al contrario la strada che mi ha portato fino qui. Rientro nel bagno, chiudo la porta e metto in tasca la chiave. Poi vado nello spogliatoio e raccolgo il foglio e il cellulare dal divano. Un rapido sguardo e mi rendo conto che la mia supposizione era giusta. Si tratta proprio della formazione per la partita di oggi. Lo metto in tasca ed esamino il telefono. Per fortuna è di un tipo non troppo astruso e neppure troppo recente. L'allenatore non era come i giocatori, che hanno sempre l'ultimo modello di iPhone e adesso non c'è quasi nessuno che non vada in giro con l'iPad sul sedile del passeggero. Questo è ancora uno di quelli fatti a guscio e quando lo apro riesco a capire subito come funziona. Per prima cosa controllo la batteria. Ci sono quattro palline di carica su cinque. La ricezione è buona, nonostante il fatto che siamo in un seminterrato. Lo chiudo e mi metto in tasca anche questo. Infine apro la porta ed esco nel corridoio, col viso rivolto verso la stanza, come se stessi parlando con qualcuno all'interno.

– Va bene, Mister, grazie. Appena arrivano glielo mando.

Chiudo la porta sul vuoto e sul mio inganno. Mi avvio per il corridoio, con il cuore che batte ancora un poco piú forte del dovuto. Ripasso mentalmente come devo muovermi. Prima di tutto fare finta di niente e avere una reazione normale a quello che succederà. Nel frattempo sarà essenziale fare un giro di chiavi. Questo prima della fine della partita ma, col casino che ci sarà qui, avrò modo di farlo senza essere notato. L'ingresso nello spogliatoio di Villa, il medico sociale, mi fa capire che i giocatori sono arrivati. Mi raccomando l'anima a Elena e gli vado incontro.

Nessuno lo sa, ma adesso l'allenatore sono io.

Decimo

Nel corridoio incrocio Colombo, il preparatore atletico. Con lui c'è Victor Manzani, l'allenatore dei portieri. Fino a qualche giorno fa avrei detto che erano due persone a posto. Ora non oso dire piú nulla, visto quello che è successo. Un uomo per il quale avrei messo una mano sul fuoco me l'ha ridotta a un moncherino. Il secondo mi è spirato fra le braccia poco fa, lasciandomi un foglio con le sue intenzioni e un cellulare.

Ora di fiducia non me ne resta molta da riporre nemmeno in me stesso.

Colombo si avvicina e finge un diretto al mento. È un gesto solido, di confidenza, da sportivo a sportivo, anche se tutti e due abbiamo passato quell'età.

– Ciao, roccia. Sei pronto per il grande giorno?

Cerco di essere me stesso, non so con che successo.

– Certo. Come sta il Grinta?

Faccio questa domanda perché è quella che tutti e due si aspettano da me. Colombo mi sorride, per dimostrare l'entusiasmo che spetta a un padre quando si parla di suo figlio, per scarrafone che sia.

– Gasato al massimo. Oggi Roberto è in splendida forma, sia mentale che fisica. Tutti lo sono, in effetti. Sanno che si giocano le palle in questa partita.

Mi guarda.

– Tu piuttosto, hai qualcosa che non va?

Di fianco a noi passano Liborio e Andrea con le sacche dei giocatori che stanno scaricando dal pullman. Ci scostiamo per lasciargli spazio. Approfitto di questo diversivo per inventare una scusa. Strizzo gli occhi e mi passo una mano sullo stomaco.

– Non sto molto bene. Ho un bruciore qui che mi sta schiantando.

– Sarà la tensione. Dillo a Villa che ti dà un Maalox. Dieci minuti e sei a posto.

Interviene Manzani, un tipo simpatico, sulla quarantina, forte di un accento pieno di acca e di una tipica arguzia toscana, con una barba incolta e un'aria da zingaro.

– Forse ti farebbe meglio dello Xanax. Secondo me tu ti stai cagando sotto. Come tutti noi, d'altronde.

Si avvicina e assume un'aria confidenziale. Abbassa un poco il tono di voce.

– Ti dico una cosa. Chi dice di essere tranquillo farebbe esplodere la macchina della verità.

Ridiamo. Per allentare il nervosismo, per esorcizzare l'ansia. La paura, quella che ho io dentro, non si lascia abbindolare. Rimane a stringere mani fredde in un posto che non appartiene al corpo. Non c'è nessun farmaco da prendere che la possa cancellare, a parte la fuga.

Ma è l'unica cosa che non voglio fare.

Dopo questo scambio di battute loro proseguono e io resto di nuovo da solo. In quel momento sento un urlo provenire da fuori. So che cosa sta succedendo. C'è una prassi che i giocatori seguono arrivando allo stadio. Prima di entrare nello spogliatoio, quasi tutti vanno in campo a controllare lo stato del terreno. Annusano l'aria, l'erba, l'atmosfera, si chinano a toccare il suolo. Prendono l'applauso degli spettatori già presenti sugli spalti. Poi rientrano, si spogliano e si cambiano. Chi ha bisogno di un massaggio si affida alle cure di Schenetti, gli altri iniziano un leggero preriscaldamento in una sala apposita, dove ci sono attrezzi e possibilità di sciogliere le gambe.

Sento crescere intorno a me la frenesia che precede di solito ogni partita. Io cerco di mantenere il mio comportamento abituale. Come sempre, vado nello spogliatoio dei calciatori e controllo che tutto sia a posto. Mi fido dei miei collaboratori ma preferisco fare un ultimo sopralluogo di persona. Devo ammettere che i ragazzi hanno lavorato bene. C'è nell'aria odore di roba nuova e pulita.

Non durerà molto.

Mi guardo intorno in questo luogo pieno di oggetti appesi e inanimati. Ci sono corazze prima della battaglia. Ci sono le asce di guerra degli indiani. Ci sono gli scudi e gli elmi dei gladiatori. Sono colori familiari, consueti, ormai dati per scontati. Ma sono il simbolo di qualcosa di comune, di un risultato costruito insieme giorno per giorno, con fatica e con sudore. Io, in passato, credevo di avere tradito solo me stesso. Invece non era cosí che stavano le cose. L'ho capito solo dopo, mentre ero nella mia cella, steso su un materasso a guardare il soffitto e a pensare. Nella mente mi sfilavano gli striscioni e rivedevo la gente che faceva il tifo per me sulle tribune. E mi sono reso conto che verso quella gente avevo delle responsabilità.

Qui, oggi, c'è in atto il tradimento di un'idea collettiva, di un sogno che non è di nessuno perché appartiene a tutti. Ai giocatori, all'allenatore, al presidente della squadra, ai membri dello staff. Ma appartiene anche alle persone normali, quelle che stanno sulle gradinate a gridare, quelle che nella vita non vinceranno mai e per questo incaricano pochi privilegiati di farlo per loro.

Mi giro e fermo sulla soglia c'è Roberto.

Doveva capitare, prima o poi, che c'incontrassimo qui. La fortuna ha voluto che fossimo soli. Lui mi guarda e ha la forza di non abbassare gli occhi. Io lo guardo e ho la debolezza di non distogliere i miei.

Devo avere la pena stampata sul viso e una preghiera nello sguardo. Ma non credo serva a molto. Non gli è bastato quello che ho fatto e detto per distoglierlo dai suoi propositi. Come potrebbe riuscirci quello che penso?

Dal corridoio arrivano i passi e le voci di altri componenti della squadra. Si presentano in parecchi sulla porta. Roberto si fa da parte e li lascia entrare. Sono ragazzi giovani, gasati, decisi, risoluti, nervosi. Pronti ad affrontare la gara e a vincerla. Io adesso so che qualcuno fra di loro è un ottimo attore. Mi salutano e per qualche istante è un incrociarsi di battute e di «Ciao Silver» e di scherzi e di risate.

Io rispondo come se fossi qui e non da un'altra parte.

– In bocca al lupo, ragazzi. Mettetecela tutta. Altrimenti i prossimi calzoncini avranno i chiodi sparati nelle chiappe.

– Vedrai cosa gli spariamo noi in mezzo alle chiappe, a quelli.

Questa battuta è volata per aria, non ho capito da chi. Subito seguita da un'altra.

– Senza vaselina.

C'è un accenno di risata generale. L'umorismo negli spogliatoi è quello che è ma il morale pare alto. Io mi muovo e per uscire devo passare accanto a mio figlio, che sta appoggiato allo stipite. Mentre lo supero, mi ripete a bassa voce una frase che mi ha già detto.

– Stanne fuori, Silver.

Vorrei rispondergli che ormai non è più possibile. Un uomo morto al piano di sopra e un telefono portatile nella mia tasca lo possono testimoniare. Invece me lo lascio alle spalle senza dire una parola. Esco nel corridoio proprio mentre dal campo stanno rientrando gli ultimi giocatori. Faccio loro un gesto con la mano e, prima che arrivino alla mia altezza, apro la porta e mi infilo nel nostro spogliatoio.

Accendo la luce, metto la mano in tasca e tiro fuori il foglio con la formazione. Di certo quando il Mister l'ha annunciata ha spiegato anche a ogni singolo giocatore che cosa si aspettava da lui. Fare l'allenatore di una squadra di calcio è un mestiere difficile. Non si tratta solo di disporre degli uomini in campo. Bisogna conoscerli a uno a uno e sapere come trattarli. Rimproverare in separata sede quello permaloso, gratificare pubblicamente quello che ha bisogno di sprone, seguire da vicino quello che ancora non si è reso conto del suo valore, annunciare con il dovuto tatto un'esclusione. Sono stato in questo ambiente abbastanza a lungo per sapere come naviga la barca. Se tutto va bene è merito dei calciatori, se tutto va a puttane è colpa del coach. Presumo funzioni cosí in tutte le situazioni in cui c'è qualcuno che fa da parafulmine alle sfighe che prima o poi si abbattono su qualunque terreno.

Apro e prendo nota dei nomi della lista.

Giacomo Bernini
Osvaldo Pizzoli Wilson Menè Silvio Melloni Gianfranco Re
Antonello Carbone Roberto Masoero Cesar Augusto Jonathan Ventura
Antonio Fassi Marco Scanavino

La formazione è scritta a macchina, secondo la disposizione in campo. Sotto c'è l'elenco dei giocatori a disposizione, come si dice. È una definizione costruita per rendere meno crudo il fatto che andranno in panchina.

Ikeda Tetsuya, Ivan Giallonardo, Piero Della Favera, Enrico
Menicozzi, Martino Zinetti, Mario Santalmassi, Gino Zandonà.

Vedo che Di Risio ha messo in campo una formazione 4-4-2, solida ma d'attacco, che privilegia il lavoro sulle fasce. Non ha in mente una tattica attendista, come gli avversari probabilmente si aspettano. La regola vorrebbe che noi restassimo nella nostra metà campo, ad attendere le incursioni degli altri, per poi ripartire in contropiede. Invece il Mister ha deciso di sorprenderli e di segnare almeno un gol subito all'inizio di partita, per fiaccare loro il morale. A noi basta un pareggio per passare e avere due gol da rimontare sarebbe una bella doccia fredda per il morale di chiunque.

Il problema è che Di Risio non sapeva ancora nulla di quello che gli avrei detto. Questa disposizione tattica favorisce le intenzioni di quelli che hanno deciso di costringere la nostra squadra a perdere. Chi deve segnare sbaglierà e chi deve contrastare un'azione ribattuta farà altrettanto. Senza contare che c'è un portiere fra i pali che può sempre scivolare o lasciarsi sfuggire una palla...

Il problema è ancora quello. Sapere chi, oltre a Roberto e a Bernini, fa parte della macchinazione. In ogni caso è già un buon punto di partenza essere al corrente che loro due fanno parte del gruppo. Dove non può arrivare l'uomo, un colpo di fortuna può fare molto. Cosí va il mondo e dunque anche una partita di calcio.

D'altronde in questo momento la distinta degli uomini che affronteranno la gara è già stata consegnata all'arbitro e da quel momento l'elenco è diventato intoccabile. Fra poco verrà nel nostro spogliatoio a fare l'appello e a controllare i giocatori. Nessuno può essere sostituito, a meno che qualcuno non si faccia male durante il riscaldamento, ipotesi abbastanza remota. Oggi è una giornata speciale e tutti vogliono esserci, anche se con differenti finalità.

Infilo la mano in tasca e prendo il telefono del Mister. Controllo che ci siano nella rubrica tutti i nomi che mi servono. Gentile, Martinazzoli, Villa.

Adesso devo solo scegliere il momento giusto per inviare il mio primo messaggio. Non deve essere né troppo presto, né troppo tardi.

Come sempre, si tratta solo di una questione di tempo.

Da fuori arriva un ronzio che si fa sempre piú forte, finché diventa il battito delle pale di un elicottero che sorvola lo stadio. Il capo è arrivato. Oggi verranno proprio tutti quelli che contano a fare gli auguri alla squadra. È normale e scontato che lui sia il primo della lista.

Rimetto in tasca il foglio e il telefono. Da adesso in poi peseranno piú dei mattoni. Esco nel corridoio, che è pieno di gente. Giocatori, dirigenti, assistenti. Dalla porta aperta della sala massaggi vedo Pizzoli sotto le cure di Schenetti, che sta lavorando su una coscia. Un altro giocatore è a torso nudo e si sta facendo tirare la schiena dal massaggiatore in seconda. Dalla mia sinistra arriva il rumore degli attrezzi di chi ha iniziato il riscaldamento.

L'arrivo del presidente non coglie nessuno di sorpresa. Si presenta con il suo modo di fare che vorrebbe essere affabile e comunicativo e invece segna solo la differenza fra chi è simpatico e chi il simpatico cerca di farlo. Di solito ha un paio di persone al seguito, sempre diverse, a cui dare prova del proprio potere e del proprio successo. Questa volta sono un uomo e una donna. Lui ha l'aria del suddito, lei è molto bella e cammina come chi si sente regina senza sapere in realtà di essere una schiava.

Martinazzoli avanza per il corridoio sorridendo, ignora tutti e si ferma davanti allo spogliatoio dei giocatori. Infila la testa all'interno e si sente rimbombare la sua voce dal forte accento milanese.

– Allora, campioni, vogliamo vincerla questa partita o no?

Undicesimo

Martinazzoli entra nello spogliatoio e i suoi due accompagnatori lo aspettano fuori, guardandosi in giro un poco spaesati. È chiaro che non gliene importa un fico secco del calcio, ma che sono lí perché è giusto esserci. Forse non sono nella posizione di chi può dire no oppure sono nella situazione di chi farebbe di tutto pur di sentirsi dire dei sí.

Il presidente si intrattiene a lungo con i giocatori. Immagino quello che sta dicendo loro. Parole di sprone, traguardi da raggiungere, assicurazione di premi partita, promesse di immortalità, piú l'immancabile barzelletta. Quell'uomo non ha la classe di Alessio Mercuri. Vivesse mille anni non riuscirebbe mai nemmeno ad andarci vicino. Ma ha un potere di comunicazione e di motivazione enormi, che sono poi le qualità che gli hanno permesso di arrivare dove è arrivato. Se si mettesse a parlare con il custode dello stadio, dopo cinque minuti quello sarebbe convinto che la squadra la fanno andare avanti lui e Martinazzoli.

Ganzerli, l'amministratore delegato, arriva con Fiorelli, l'addetto stampa. Entrambi superano senza degnare di uno sguardo i due intrusi e si infilano nello spogliatoio a raggiungere il capo. Sono persone di mondo e sanno chi conta e chi no.

Io rimango nel corridoio. Andrea mi viene vicino. È evidentemente sotto tensione, perché non tutte le parole gli escono fluide dalla bocca.

– I palloni e il resto del materiale sono in campo. Tutto a posto qui?

– Sí. Bravi, avete fatto un buon lavoro.

Questo elogio pare rasserenarlo un poco. È un bravo ragazzo, dall'animo semplice. Non mi costa nulla gratificarlo, quando se lo merita.

– Vai pure fuori con Liborio. Io arrivo fra poco.

Andrea se ne va, con la sua camminata goffa, che lo porta a muoversi ciondolando un poco il capo. Lui è uno di quelli che si meritano che la squadra vinca. Per lo stesso motivo per cui meriterebbe un aspetto aggraziato e una favella sciolta. Ma la legge dell'esistenza non è uguale per tutti.

Il presidente esce dallo spogliatoio. Si guarda intorno. Nell'eccitazione generale pare rendersi conto solo ora che ha fatto il suo show con i giocatori in assenza dell'allenatore.

– Dov'è il Mister?

Io mi avvicino, quel tanto che basta per non essere costretto a urlare. Indico con un gesto della mano il fondo del corridoio.

– Nella sua stanza, presidente. Ultima porta a destra.

Martinazzoli gira la testa in quella direzione. Poi si avvia, seguito dal suo codazzo. La bella e la nullità non si sentono autorizzati a far parte della compagnia e rimangono al loro posto, in attesa. La ragazza, senza parere, infila lo sguardo nello spogliatoio dei calciatori. È una sinfonia di muscoli, stature e visi giovani. Sono certo che in quel momento preferirebbe essere arrivata su un'utilitaria con uno di loro piuttosto che in elicottero con il presidente. Magari dopo una notte di felice ritiro. Diceva quel tale che Parigi val bene una messa. Mi chiedo quante ne valga per lei Porto Cervo.

Supero anche io i due e mi avvicino allo spogliatoio di Di Risio, cercando di non dare l'impressione di seguire il gruppo. C'è un motivo preciso per cui faccio questo. Si accorgeranno presto che nella sua stanza non c'è nessuno. Mi pare opportuno che io sia nei paraggi quando succede.

Martinazzoli si ferma davanti alla porta e bussa. Nessuna risposta. Bussa un'altra volta, piú forte. Stesso risultato. Si avvicina al battente e alza la voce in modo da poter essere sentito da chi sta nella stanza.

– Ehi Mister, concede udienza prima della partita?

Ancora nessuna risposta. Il presidente mi guarda con aria interrogativa. Io mi stringo nelle spalle a significare che non so nulla di quello che possa essere successo. Infine lui si decide. Impugna la maniglia e apre la porta. Dalla soglia lascia correre lo sguardo nella stanza. So benissimo cosa sta vedendo. Un armadietto, un tavolo rotondo, due sedie, un divano rosso di finta pelle che sa di Ikea anche visto dalla luna. Un altro tavolino, messo di sbieco all'angolo sinistro, dove sono appoggiate delle bibite e della frutta. Di fianco, un poco spostata verso l'ingresso, la porta del bagno. Sulla parete di fronte, in alto, un lucernario lungo e stretto che illumina la stanza. Dovrebbe, a rigor di logica...

La luce all'interno è accesa ma i suoi occhi non trovano nessuno.

Martinazzoli si gira verso di me. È irritato e non fa nulla per nasconderlo.

– Qui non c'è.

Mi avvicino a grandi passi.

– Deve essere in bagno. Mi scusi, presidente.

Loro si fanno da parte e io li supero, entrando nello spogliatoio con la deferenza di chi non vuole obbligare il suo presidente ad andare a bussare alla porta di un bagno. Mi avvicino e picchio le nocche sul legno.

Lo faccio un paio di volte senza avere nessun riscontro.

– Mister, è qui?

Anche in questo frangente ho la risposta che mi attendevo, vale a dire nessuna.

– Non si sarà mica sentito male? Oggi non aveva una bella cera.

Autorizzato da questa frase arrivata dalle mie spalle, apro con delicatezza la porta del bagno, con l'atteggiamento di chi ha paura di sorprendere qualcun altro in una situazione intima o peggio. Fingo di cercare con lo sguardo chi so già che non troverò. Poi mi giro verso gli altri, con una faccia sorpresa e desolata insieme.

O almeno, l'intenzione è quella.

– Non è neanche qui.

C'è un motivo per cui ho voluto aprire la porta di persona. Di certo i presenti ignorano che in bagno c'è una uscita sul magazzino. È il nostro vecchio spogliatoio, dunque non frequentato dalle alte sfere. Ma ho preferito non suscitare sospetti facendogliela scoprire. Inoltre un eccesso di scrupolo mi ha consigliato di non fare notare l'assenza della chiave.

Non si sa mai, ma a volte si sa…

– Ma dove cazzo è andato?

La frase esce sibilando dalla bocca di Martinazzoli, facendo cadere la compostezza che purtroppo per lui è solo di facciata. Sono famosi i suoi scatti d'ira, durante i quali sulle labbra gli fioriscono parole che risultano un poco fuori luogo per chi si muove come se fosse nato a Buckingham Palace. Gli altri si guardano in giro smarriti. Fiorelli pare il piú coinvolto, come se il suo ruolo di addetto stampa gli attribuisse in quel frangente maggiori responsabilità.

– Eppure l'abbiamo visto arrivare. La sua macchina è fuori. Non può essere sparito.

– Vaffanculo.

Con questo lapidario commento, il presidente infila una mano nella tasca della giacca. Tira fuori il telefono, cerca un numero e preme l'invio. Avvicina il telefono all'orecchio e dopo due maledetti secondi il telefono di Di Risio inizia a suonare.

Nella mia tasca.

Cazzo.

Nella fretta e nella concitazione ho dimenticato di staccare la suoneria quando mi sono impossessato del cellulare del Mister. Eppure avrei dovuto immaginare che qualcuno l'avrebbe chiamato. Lo stramaledetto caso ha voluto che accadesse in mia presenza. Tre teste si girano verso di me con un sincronismo perfetto.

Io mi sento morire.

In modo concitato, cercando di dimostrare il

massimo imbarazzo, infilo le mani in tasca e afferro i due telefoni. Sforzandomi di sincronizzare i movimenti, apro e chiudo quello di Di Risio, interrompendo la comunicazione. Nello stesso tempo avvicino il mio all'orecchio, come se fosse stato quello a suonare e la telefonata fosse per me.

– Sí.

Ho girato le spalle e ho pronunciato questo monosillabo a bassa voce. Spero di sembrare uno che è stato raggiunto da una chiamata nel momento meno opportuno. Aspetto un istante una risposta da qualcuno che non esiste.

– Va bene, ma ora non posso parlare. Ci sentiamo dopo la partita.

Abbasso il telefono e me lo rimetto in tasca. Le gambe mi tremano. Mi giro verso i presenti con aria confusa, che non faccio molta fatica a simulare.

– Scusate.

Martinazzoli mi guarda, ancora con un telefono senza risposta in mano.

Offro un'alternativa alle sue perplessità.

– Provo a chiedere in giro se qualcuno l'ha visto.

Vado verso la porta, li scanso ed esco. Anche con una certa fretta, quel tanto che basta per sembrare zelo e non una fuga.

Non sto a sentire i loro commenti, che saranno svariati e che esprimeranno differenti ipotesi. Dal canto mio mi infilo nelle docce che stanno poco avanti, sulla destra, per togliere questa maledetta suoneria prima che il presidente ripeta la chiamata. Nel locale piastrellato non c'è nessuno, solo odore di umido e di shampoo. Un rubinetto gocciola la sua solitudine e la sua impotenza.

Mi chiudo in un bagno e ho appena compiuto l'operazione che il telefono inizia a vibrare. Sul display compare in lettere maiuscole la parola MARTINAZZOLI. Lascio vibrare il telefono a lungo, poi la comunicazione si interrompe. Succede altre due volte, poi il presidente decide di desistere.

Mi appoggio al muro e tiro un sospiro di sollievo. Mi rendo conto che ho appena corso un bel rischio. Per poco la mia mancanza di concentrazione non faceva andare a puttane tutto quanto. Rimango un istante a fissare il cellulare immobile e muto. Non lo posso spegnere, perché magari ha un Pin di sblocco che non conosco. Dovrò fare molta attenzione a come mi muovo e a chi starò vicino da adesso in poi.

Decido che non è piú il caso di tergiversare. È ora di farmi vivo. O meglio, è ora che si faccia vivo Sandro Di Risio, dal posto in cui ha deciso di rifugiarsi, ovunque esso sia.

Cerco sulla rubrica il numero di Gentile, l'allenatore in seconda. È un uomo fedele al Mister e so che i due si stimano molto. Non credo sia della partita, anche perché non conta a sufficienza per avere voce in capitolo e per poter influire sul risultato. No, quelli che possono fare la differenza sono uomini che stanno in campo e fra quelli devo cercare.

A parte quelli che ho già trovato.

Mi chiedo come si possa sentire Roberto in questo momento. Quali pensieri abbia per la testa, se i soldi che si aspetta dal suo imbroglio saranno sufficienti a tacitare qualsiasi futuro rimorso. Ha vissuto al mio fianco, ha patito con me le conseguenze delle mie scelte. Sa che in ogni caso i rimorsi verranno.

Cerco di fare uscire queste considerazioni dalla mia testa.

Ognuno è responsabile delle sue azioni e degli effetti collaterali che ne derivano. La storia del mondo ne è piena. Anzi, questa è la storia del mondo. Solo che quando si tratta di Roberto, è poco consolante sapere che verrà a fare parte della mia stessa statistica.

Premo il pulsante che consente di inviare un messaggio al numero selezionato. Mi compare uno spazio vuoto e una lineetta che lampeggia. Mi sembra che segua i battiti del mio cuore.

Scrivo lentamente l'sms, cercando di immaginare come lo scriverebbe Di Risio. Di certo senza quelle abbreviazioni fastidiose a base di kk e nn e x che adoperano i giovani e i fanatici. Ho ricevuto una volta un messaggio da lui e so che non ne fa uso.

> Non ce la faccio a stare in campo. Troppo stress. Vedrò comunque la partita e ti darò indicazioni via cell. Bisogna cambiare la formazione. Poi ti spiego. Sandro.

Lo rileggo e premo invio, sentendomi un personaggio di una tragedia di Shakespeare o di una farsa di Ridolini. In ogni caso, sempre qualcuno che non sono io.

Esco dal bagno e rientro nel corridoio, attraversando il locale delle docce ancora deserto. Il rubinetto ha smesso di gocciolare.

È finita l'acqua o la pazienza.

Si deve essere sparsa la voce dell'assenza del Mister e fuori è un casino. C'è un'atmosfera che si taglia con il coltello e ne serve uno molto affilato. Dirigenti, giocatori, inservienti si guardano in giro senza sapere che dire o che fare.

La voce di Gentile arriva dal fondo, alla mia destra.

– Presidente!

Mi volto e lo vedo arrivare a grandi passi verso Martinazzoli e il suo gruppo.

Ha il braccio destro teso in avanti e nella mano stringe un telefono cellulare.

Dodicesimo

La nuvola sul campo non è piú sola.

Altre nuvole si sono avvicinate e adesso giocano a sole e ombra sugli spalti e sulle tribune. Il colore dell'erba passa da verde chiaro a verde scuro a seconda dei capricci del vento. È normale e umano sbagliare. Perciò, quando le previsioni del tempo annunciano il sereno e poi ti trovi delle nubi sopra la testa, non resta che affidarsi alle constatazioni del tempo.

I ragazzi sono in campo e hanno quasi finito il riscaldamento. Quando sono entrati, tutti gli spettatori sulle gradinate si sono alzati in piedi e hanno applaudito. Quelli delle tribune sono stati un poco piú contenuti. Dai tifosi della squadra avversaria venuti in trasferta a sostenere gli Altri si è levato qualche comprensibile fischio ma tutto sommato l'atmosfera è serena. Tutte e due le squadre hanno iniziato una routine comune di corse, passaggi, piccola partitella sul posto indossando le pettorine e altri schemi simili. I portieri si alternano con i reciproci allenatori negli esercizi studiati apposta per il loro ruolo.

In mezzo, l'arbitro e i guardalinee si riscaldano per conto loro, imparziali anche in quello. Se c'è una persona che non invidio è proprio l'uomo con il fischietto. A volte, quando guardo le trasmissioni sportive, mi viene da incazzarmi. Sono lí, in sette o otto cosiddetti esperti, con i loro microfoni appuntati sul petto, a guardare e riguardare un'azione alla moviola e fra tutti non riescono a mettersi d'accordo se sia rigore o no. Figuriamoci quel povero cristo che la vede una volta sola e da un unico punto di vista. Questo ostinarsi a non mettere la moviola in campo mi ricorda la storia di quel tale che si è tagliato le palle per fare un dispetto alla moglie.

Ma adesso ho altro a cui pensare.

Quando Gentile è arrivato da Martinazzoli e ha mostrato il messaggio sul telefono, credo che su tutti quanti sia caduto un secchio di acqua gelata. Un secchio per uno, a giudicare dalla reazione a mano a mano che lo leggevano. Martinazzoli, che non è uno stupido, ha capito che non era il caso di abbandonarsi a una delle sue esternazioni folcloristiche. Li ho visti parlottare fra di loro e poi l'allenatore in seconda si è diretto verso lo spogliatoio dei giocatori e li ha mandati in campo.

Mentre i ragazzi uscivano è tornato in mezzo agli altri e poco dopo l'ho visto scrivere un messaggio sul cellulare. Sono rientrato nelle docce, perché ero certo che da lí a poco avrei sentito in tasca la vibrazione che mi annunciava l'arrivo di un sms.

Infatti.

Ho aperto il telefono e sul display c'erano poche parole.

Sei davvero Sandro?

Anche se non ne avevo voglia, mi è scappato da ridere. Immaginavo le facce ansiose di tutti quegli uomini con gli occhi fissi su di un piccolo schermo ad attendere una risposta. Temevano che qualcuno avesse rubato il telefono del Mister o addirittura che fosse stato rapito. Nel qual caso avrebbero dovuto chiamare la polizia, con tutto il casino che ne sarebbe conseguito. E la cosa che serviva di meno, oggi, era un intoppo in grado di mandare a monte lo svolgimento della gara. Io non sapevo se in un caso come questo la partita potesse essere persa a tavolino, però sono sicuro che non lo sapevano con precisione nemmeno loro. In ogni caso ero in grado di cancellare ogni incertezza, almeno sulla provenienza dei messaggi. Ho digitato un testo e subito dopo ho premuto il tasto di invio.

Ricorda A. Tre mesi non bastano.

Ho immaginato l'imbarazzo di Armando Gentile quando si è visto arrivare quella risposta, ma non c'era altro modo per provargli che ero proprio Di Risio.

Qualche tempo fa stavo liberando il nostro spogliatoio per fare posto all'arredamento del Mister. Spostavo le nostre cose nel vecchio magazzino attraverso la porta del bagno, in attesa di trovare loro una sistemazione definitiva. Ero appena rientrato quando nella stanza, oltre la porta, ho sentito le voci di Di Risio e di Gentile. Forse l'allenatore era venuto a prendere visione del suo nuovo punto di riferimento allo stadio, forse cercavano un posto dove parlare da soli.

Io sono rimasto fermo, un poco perché temevo potesse sembrare che li stavo spiando, un poco perché, in effetti, avevo l'umana curiosità di sentire quello che si sarebbero detti. È sempre opportuno conoscere cose che di regola non si dovrebbero sapere. Specie quando si fa parte dello staff di una squadra di calcio.

Hanno fatto dapprima qualche considerazione sulla stanza, che non si poteva certo considerare una suite del *Grand Hotel*. Poi la voce di Gentile si è un poco abbassata e nel suo tono è subentrato l'imbarazzo.

«Sandro, devo dirti una cosa».

«Cosa c'è?»

«Sono nella merda».

Il Mister ha atteso in silenzio il seguito. Che è arrivato puntuale e gravoso da dire.

«È una situazione delicata. Tu sei la sola persona a cui ho intenzione di parlarne. Per favore non farne parola con nessuno, nemmeno con tua moglie. Anzi, soprattutto con tua moglie».

Le due famiglie sono molto unite e la signora Di Risio e la signora Gentile sono amiche da tempo. Ho pensato che quando un uomo fa una premessa del genere, quasi sempre è nei guai con una femmina. Le parole successive me lo hanno confermato.

«Mi sono preso una sbandata per una donna».

La risposta di Di Risio è stata immediata.

«Età?»

«Dieci meno di me».

Ho fatto un rapido calcolo. Il vice aveva una quarantina d'anni, dunque la persona in questione era intorno alla trentina. Quello che ha replicato il Mister sembrava frutto di una forma di telepatia fra me e lui.

«Be', se non altro non si tratta della solita ventenne col pelo sullo stomaco a caccia di gloria».

«No, credimi. Di quelle ne ho viste talmente tante che ormai le so riconoscere a colpo d'occhio».

Gentile ha fatto una pausa, come se stesse evocando nella mente una precisa tipologia femminile e la stesse confrontando con un'altra. Poi ha proseguito e la sua voce si è come alleggerita. Tipico di un uomo coinvolto dal punto di vista sentimentale.

«Adriana ha trentadue anni, fa l'avvocato e non c'entra nulla col nostro ambiente».

«Non fare cazzate, Armando».

«Non ho intenzione di farne. Solo…»

La sospensione è stata evocativa, di quelle che permettono in pochi istanti di rivivere ore intere.

Il Mister lo ha incalzato.

«Solo?»

«Solo che quando sto con lei mi sembra di essere in paradiso e che…»

Di Risio lo ha interrotto.

«Ascolta, adesso sono io che te la chiedo quella cosa».

«Che cosa?»

«Non parlarne con nessuno. E tantomeno che non ti venga in mente di confessare tutto a tua moglie per liberarti la coscienza. Non mettere anche lei nelle grane, che non se lo merita. Per il momento viviti la tua cosa cercando di essere prudente. Da quanto la conosci?»

«Tre mesi».

«Ecco, tre mesi non bastano a capire se…»

Non avrei mai saputo a che cosa non sarebbero bastati quei tre mesi, anche se potevo immaginarlo. Ho girato le spalle e sono uscito, accostando la porta senza fare rumore. Quello non era il genere di cose che mi interessava sapere. Facevano parte della sfera personale e ogni persona ha il diritto e il dovere di grattarsi certi pruriti come meglio crede.

Ho mandato quella risposta riferendomi ad A. perché sapevo che Gentile avrebbe capito a chi mi riferivo e riconosciuto il depositario della sua confidenza. Immaginavo il sospiro di sollievo con cui la truppa aveva avuto assicurazione che la persona dall'altra parte del telefono era quella che diceva di essere.

Subito è arrivato un altro messaggio. Da Martinazzoli questa volta.

Cosa cazzo è questa storia del cambio di formazione?

Mi aspettavo anche questo. Ma dovevo prendere tempo. Ho risposto in modo da avere un poco di respiro, mentre loro si chiedevano il perché di questa scelta e soprattutto quale sarebbe stata.

Aspettate. E fidatevi di me.

Dopo sono uscito nel corridoio e sono passato di fianco al gruppo, troppo impegnato a confabulare per accorgersi di me. Avevano delle decisioni da prendere e delle istruzioni da attendere. Ognuno col suo bel punto interrogativo disegnato sopra la testa. In quel frangente il piú sotto pressione doveva essere Fiorelli, a cercare di prevedere quali sarebbero state le reazioni quando i giornalisti della televisione e della carta stampata avrebbero notato sulla panchina l'assenza dell'allenatore.

Cazzi suoi.

Io per il momento ero troppo impegnato a risolvere i miei, di problemi. Sono uscito dallo spogliatoio e sono entrato in campo, fermandomi accanto all'uscita del tunnel. Sono rimasto tutto questo tempo a studiare i giocatori, con le nuvole e il sole che disegnavano ottimismo e pessimismo a terra davanti a me. Ho tenuto d'occhio soprattutto Bernini e Roberto, per vedere se dal loro comportamento mi potesse venire un indizio sui complici. Non sapevo se mio figlio avesse avvertito gli altri che io ero a conoscenza del truschino, ma in un caso o nell'altro non sono arrivato a capo di nulla.

E tuttavia adesso è ora di prendere una decisione. Per il momento posso solo cercare di mettere una pezza, in attesa di sviluppi. Il riscaldamento è finito e lo stadio è pieno che versa. Mi allontano dal tunnel per evitare di incrociare di nuovo lo sguardo di Roberto quando mi passerà di fianco. Mentre i giocatori delle due squadre rientrano negli spogliatoi, mi sposto sulla sinistra e trovo una posizione che mi nasconda alla panchina e alle tribune. Tiro fuori di tasca il foglio con la formazione del Mister e la studio qualche istante. Potevo anche farlo allo scoperto e nessuno mi avrebbe considerato. Ci sono persone al mondo che risultano invisibili. La gente è talmente abituata alla loro presenza che a poco a poco arrivano a fare parte dell'arredamento. E dunque senza occhi, senza orecchie e senza memoria. Io sono fra quelli. Il mio lavoro serve ma in realtà io sono inutile. Oggi devo provare ad esserlo un poco meno.

Prendo il telefono e scrivo il messaggio che tutti aspettano.

> Fuori Masoero e Bernini.
> Dentro Della Favera e Giallonardo.

Lo mando sia a Gentile che a Martinazzoli. Pochi secondi dopo l'invio arriva un messaggio che sa di presidente incredulo e incazzato. Molto incredulo ma molto, molto piú incazzato.

> Ma che puttanata è questa?
> Sei impazzito?

Incrocio le dita e rispondo.

> Per niente. So quello che faccio.
> Fidatevi e basta.

Il tono è deciso, come quello che avrebbe usato il Mister, che è sempre stato un tipo senza peli sulla lingua.

Non ci sono risposte.

Credo, almeno per il momento, di essere riuscito a convincerli. Raggiungo la zona della panchina, dove trovo Andrea e Liborio ad attendermi. Mi fermo a due passi di distanza, perché non ho voglia di parlare. Immagino in quel momento che putiferio sia scoppiato nello spogliatoio, quando è stato annunciato il cambio di formazione. Soprattutto

alla luce del fatto che l'allenatore non è presente
e dunque non è possibile confrontarsi con lui. Roberto deve immaginare che ci sia sotto il mio zam-
pino e penso che stia sulle spine perché non riesce
a quantificare come e in che modo. Lo stesso vale
per Bernini, per altre vie e per altri motivi.

Quando i giocatori escono dal tunnel, tiro un
sospiro di sollievo. Ci sono in campo Della Favera
e Giallonardo, mentre mio figlio e il primo portiere fanno parte di quelli che andranno in panchina.
Quando mi passano accanto per andarsi a sedere,
Roberto non mi degna di uno sguardo.

Sul terreno di gioco ci sono le solite trafile. Pre-
sentazioni roboanti dello speaker, urla del pubblico nel sentire pronunciare i nomi dei giocatori,
scambio di gagliardetti e strette di mano, lancio
di monetina. Di certo i tifosi sugli spalti si chiedono perché il Mister non sia in panchina e perché il
Grinta non parta titolare. Ma è meglio che conti-
nuino a chiederselo senza avere la risposta giusta.

Finalmente tutti i calciatori sono al loro posto.
L'arbitro fischia, un giocatore tocca la palla e da
ogni parte dello stadio, nessuna esclusa, si alza un
boato.

La partita è cominciata.

Tredicesimo

Dopo un quarto d'ora, le squadre sono ancora nella fase di studio.

L'allenatore degli avversari ha capito subito che quella schierata contro la sua non è una squadra difensiva ma offensiva. Nei momenti successivi al fischio d'inizio ha avuto il suo daffare a modificare lo schieramento per fronteggiare una situazione che non si aspettava. L'assenza di Di Risio in panchina non lo ha incuriosito piú di tanto. Lo ha preso come un dato di fatto, nel momento in cui ha stretto la mano a Gentile invece che all'allenatore titolare. Lo avrà stupito molto di piú l'assenza di Bernini e di Roberto in campo. Penso che se ne sia addirittura rallegrato. Tuttavia le sue perplessità o i suoi ottimismi sono cose di cui tenere conto solo quando diventano fatti sul terreno di gioco.

Io devo occuparmi dei nostri.

Mi pare di avere capito che Re, uno dei due terzini, stia soffrendo quando gli avversari fanno un'incursione dalla sua parte. Si trova ad affrontare Montesi, un attaccante non molto prestante ma veloce e agile, che un paio di volte è riuscito a sfuggirgli. Per fermarlo è stato costretto a due falli che per poco non gli sono costati il cartellino giallo.

Tutto quello che è successo mi ha cambiato la

prospettiva. Nella mia vita avrò assistito non so a quante partite, ma erano partite da spettatore, nelle quali non avevo voce in capitolo. Quando i giocatori entravano in campo, il mio lavoro in pratica era finito. L'unico coinvolgimento emotivo era legato al fatto che la squadra segnasse o prendesse gol e al rendimento di mio figlio durante la gara.

Ora mi trovo ad affrontare le cose da un'angolazione diversa, cercando di vedere la disposizione dei calciatori con gli occhi del Mister, come se io fossi una specie di dodicesimo giocatore. Mi chiedo se non ho chiesto troppo alla mia conoscenza di questo sport, del quale ho scoperto l'esistenza quando sono entrato qui a lavorare come magazziniere. Quando combattevo e poi quando ero in prigione si trattava solo di una cosa che succedeva la domenica e di cui alcuni parlavano in palestra o fra le mura del carcere.

Mi avvicino a Liborio e Andrea. Immagino che stiano cercando anche loro di spiegarsi l'assenza del Grinta sul terreno di gioco e del Mister sulla panchina. Ma non sono abbastanza importanti per chiedere ragioni e devono affidarsi alle loro ipotesi. Quando gli parlo, fanno fatica a distogliere lo sguardo dalla gara che si svolge sotto i loro occhi.

– Liborio, rimanete qui voi. Io non mi sento tanto bene. Torno subito.

Credo che non abbiano nemmeno sentito quello che ho detto, perché il mio aiutante fa di sí con la testa e subito dopo torna a guardare il campo come se ci stesse avvenendo la moltiplicazione dei pani e dei pesci.

Mi avvio verso gli spogliatoi. Per farlo devo passare sotto le tribune. Alzo gli occhi per guardare il

settore dove è seduto Martinazzoli. Il presidente è
fra Ganzerli e Fiorelli. I due accompagnatori, la bella e l'eunuco, sono seduti alle sue spalle. Il resto del
contorno è quello solito, di corte e di scorte. Quello
che mi stupisce è che subito alla sinistra dell'amministratore delegato c'è un posto vuoto. Strano, visto
il richiamo che la partita di oggi ha esercitato sulla
gente. A volte succede che qualcuno, per snobismo
o per puro sostegno, faccia l'abbonamento e poi non
venga mai allo stadio. Ma questa non mi pare giornata da assenze ingiustificate. Oggi pomeriggio ci
sarebbe stato di certo qualcuno disposto a cedere la
moglie come ostaggio in cambio di quel posto vuoto
al Geppe Rossi.

Martinazzoli sta parlando al telefono e anche
visto da qui mi pare abbia la faccia piuttosto scura. Durante la conversazione gira sovente la testa
verso la curva dove stanno gli ultras e a un certo
punto alza un braccio e mi pare indichi le vetrate
della sala stampa in costruzione.

Una cosa per volta.

Arrivo a imboccare il tunnel e subito tiro fuori il
telefono del Mister. Mi cerco un posto tranquillo,
seleziono il numero di Gentile e compongo il messaggio con la massima velocità possibile.

> **Invertire Re e Pizzoli. Piú movimento in
> area senza la palla.**

Premo il pulsante di invio con in testa un pensiero fastidioso. Il problema è che qualunque difficoltà, qualunque prestazione negativa da parte di
un giocatore si presta a una doppia interpretazione.

Cattiva giornata o cattiva intenzione?

Questo muovermi a tentoni, senza sapere di chi mi posso fidare, mi sta facendo andare fuori di testa. A volte immaginare la verità è molto peggio che sapere una brutta verità.

La certezza può essere dolore.

L'incertezza è pura agonia.

Vado nella saletta degli ospiti che, come prevedibile, è deserta. Si tratta di un locale arredato con una moquette da due lire e qualche divano e poltrona messi davanti a un tavolino su cui sta un televisore acceso. Prima della partita e nell'intervallo serve da parcheggio degli ospiti e degli addetti ai lavori. C'è un piccolo buffet, con dei tramezzini, delle bibite e una macchinetta per il caffè. Durante la brutta stagione, chi non ha voglia di stare fuori al freddo a vedere la gara, se la può seguire da qui. Viene trasmessa in bassa frequenza sul monitor e la radio sintonizzata sul canale di Manila Sound permette di avere la cronaca in diretta. Ma oggi, con la giornata che c'è, tutti hanno preferito la partita all'aria aperta e alla luce del sole.

Mi appoggio su una poltrona. Resto a guardare per qualche istante le figurine colorate che si rincorrono sullo schermo, tutte impegnate a dare la caccia a un pallone. Sembra cosí semplice, visto da fuori. E invece basta fare un passo in avanti ed entrarci un poco di piú che tutto si complica, tutto diventa difficile da decifrare, sotterraneo, enigmatico.

Dalla radio arriva il commento di un cronista, dalla voce grave e impostata. Che tuttavia non riesce a nascondere la sua partigianeria per la squadra cittadina.

«... *per adesso le due compagini si possono dire in parità di possesso palla oltre che in parità di reti. Se nel calcio fosse possibile assegnare un risultato ai punti, fino ad ora l'arbitro si troverebbe in serie difficoltà. È inspiegabile e ancora inspiegata l'assenza di Sandro Di Risio sulla sua panchina ma soprattutto l'esclusione dalla formazione titolare di Roberto Masoero, che a nostra impressione avrebbe potuto dare ben altra impronta alla gara. Ma ecco che...*»

Le parole sfuggono alla mia comprensione. Mi viene in mente che impronta avrebbe voluto dare il Grinta alla gara e senza preavviso mi arrivano le lacrime agli occhi. Tutta la tensione degli ultimi giorni, il rimorso per quello che sono stato, il dispiacere di scoprire quello che in effetti è mio figlio, si riversano in questo attimo che è duro da sconfiggere molto piú di qualunque avversario, sul ring o altrove. Inghiotto qualcosa che non so da dove venga, mi asciugo gli occhi con un tovagliolino e riporto l'attenzione sullo schermo.

I nostri stanno attaccando. La voce dello speaker è eccitata.

«*Lungo traversone di Carbone verso l'area avversaria. Giallonardo è in contesa con Makita. I due saltano per colpire la palla di testa. Giallonardo ha la meglio e indirizza la palla verso Ventura ma...*»

Un'indecisione nella voce del cronista.

«*Giallonardo è caduto ed è rimasto fermo a terra. Sul viso ha una smorfia di dolore e si tiene la caviglia destra. Non ci sono state irregolarità nell'azione per cui è ipotizzabile che atterrando dopo il salto abbia appoggiato male il piede, gravando la caviglia di tutto il peso del corpo. L'arbitro ha fermato il gioco e...*»

Vedo Schenetti e il suo vice, seguito da Villa, che si avvicinano al giocatore steso per terra. Si inginocchiano e gli prestano le cure del caso, valutando l'entità dell'infortunio. Dopo un paio di minuti Giallonardo è in piedi con addosso ancora un'espressione sofferente. Ma nello stesso tempo sta facendo con la testa un segno affermativo. Le condizioni dell'uomo di mia scelta paiono essere rassicuranti. Le sue intenzioni pure. Significa che può continuare a giocare o che, perlomeno, ha intenzione di provarci. Oggi è la partita della vita e nessuno vuole rinunciare senza avere tentato.

C'è qualcosa che in tutto questo tempo non ha smesso di infastidirmi. Un leggero malumore misto ad allarme per il gesto di Martinazzoli verso la sala stampa dove è steso il corpo del povero Di Risio. Mi alzo dalla poltrona e vado verso la stanza dove il Mister avrebbe dovuto essere e dove invece lo abbiamo cercato invano. Supero la porta e raggiungo il bagno. In tasca ho ancora la chiave della porta di comunicazione. La apro e scendo i tre gradini. Mi avvicino alla porta che consente l'ingresso al magazzino. Dall'altra parte sento delle voci sommesse e un rumore di metallo contro metallo all'interno della serratura.

– Sbrigati, cristo!

– Un attimo. Solo un attimo che...

La conversazione è interrotta dal rumore della chiave che infilo nella toppa e dal leggero cigolio dei cardini quando tiro verso di me il battente. Mi trovo inginocchiato di fronte un tipo sulla trentina, con una maglietta nera degli AC/DC e il braccio destro carico di tatuaggi. Ha in mano un paio di ferretti da scassinatore. Alza la testa stupito e per la sorpresa le mani gli rimangono sospese per aria come se stesse impugnando un volante che non esiste. Un altro di circa dieci anni piú vecchio sta dietro di lui, piegato in avanti, con le mani appoggiate alle ginocchia per controllare gli armeggi del suo compare con la serratura.

Si rialza e lo riconosco. È Mariano Costamagna, il capo degli ultras. Un pezzo di merda che secondo me è il principale indiziato del furto in questo stesso magazzino. Non pensavo che il presidente avesse rapporti diretti con lui e con la sua cricca. Mariano mi guarda in un modo irritante. Non perché mi guarda di brutto, ma perché mi guarda con sufficienza. E questo potrebbe essere un grosso errore.

Mi fa un gesto eloquente con la mano.

– Nonno, rientra dentro e levati dai coglioni.

Mi sa che hanno scelto la persona sbagliata nel giorno sbagliato. Apro del tutto la porta e faccio un passo indietro. In questo modo li obbligherò, se vogliono attaccarmi, a entrare uno per volta.

Cerco di mettere nella voce una sicurezza che non ho del tutto.

– Andate voi fuori dalle palle e forse stasera mangerete ancora con i vostri denti.

Il primo, il piú giovane, si alza e fa un passo avanti. Attraversa la porta. Mi tira un pugno maldestro, che forse andava bene all'oratorio ma che su un ring significa andare giú senza nemmeno sentire il conteggio.

Non ha modo di tirare il secondo.

Lo evito, lo centro al fegato con un sinistro e sotto il mento con un montante. Cade all'indietro come se lo avessero tirato con un elastico e Mariano è costretto a farsi da parte per evitare che gli finisca addosso.

Ora sono io che lo guardo con sufficienza. Sono in guardia e saltello sui piedi, come ho fatto per centinaia di ore nella mia vita. Delle quali in questo momento benedico ogni minuto.

– Vuoi entrare anche tu?

Lo vedo indeciso. Il modo sbrigativo con cui ho liquidato il suo complice, i due pugni precisi e professionali lo hanno impressionato. Fa un passo indietro, sta per dire qualcosa.

Lo prevengo.

– Se stai per dirmi che te ne vai per rispetto alla mia età, vengo fuori e ti ammazzo.

Quel gaglioffo si blocca e non dice nulla. Afferra per un braccio il suo complice, che sanguina forte dalla bocca. Lo aiuta a stare in piedi e in quel modo spariscono dietro il telone verde che cinta il cantiere e che per tutto questo tempo ci ha coperto alla vista.

Chiudo la porta e mi appoggio al battente zincato. Il cuore va a mille. Ma cazzo che bella che è l'adrenalina in circolo.

In quel momento dalla tasca sale il suono di un messaggio arrivato sul telefono del Mister. Quando lo apro mi accorgo che i messaggi sono in realtà due. Uno è di Gentile.

> Giallonardo non ce la fa.
> Chi faccio entrare?

Il secondo è del gestore telefonico e mi avverte che il mio credito è finito.

Quattordicesimo

– Porca puttana!

L'esclamazione mi esce istintiva dalla bocca. Ma sono convinto che il fatto meriterebbe commenti molto piú incisivi. Non avrei mai immaginato che il Mister andasse avanti con le schede ricaricabili. Pensavo che avesse un contratto, come tutte le persone che usano il telefono con una certa frequenza. Credevo che certe pratiche fossero riservate ai poveracci come me, gente piú da cappuccino che da aperitivo. Forse aveva ricevuto in precedenza il messaggio che avverte del prossimo esaurimento del credito e in quel momento non ci ha dato peso, riservandosi di fare la ricarica una volta finito tutto.

Io non lo sapevo e adesso sono a terra. Non posso comunicare con Gentile. E se non gli dico chi deve fare entrare al posto di Giallonardo la scelta piú logica sarebbe Roberto.

Stanne fuori, papà…

Invece è lui che è rimasto fuori. E ci deve restare.

C'è solo una persona che mi può aiutare.

Prendo il mio telefono e cerco il numero di Rosa. A quest'ora dovrebbe avere finito il servizio da Rué. Il mio nome le compare sul display e mi identifica prima ancora di sentire la mia voce.

– Ciao Silvano.

– Ciao Rosa. Ho bisogno di un favore.

Nella mia voce c'è un'urgenza che la mette in allarme.

– Tutto bene?

Non ho tempo per spiegare. Ma se lo avessi lei sarebbe l'unica persona alla quale confiderei tutto.

– Sí, tutto bene. Dove sei?

– A casa. Sto sentendo la partita alla radio. Al ristorante non...

Con le parole spezzo la sua frase. Poi le chiederò scusa dei miei modi bruschi.

– Ho bisogno che tu mi faccia una ricarica a un cellulare.

– Il tuo?

– No, un altro. Segnati il numero.

La risposta è veloce. Segno che ha carta e penna vicino a lei.

– Dimmi.

Pronuncio lentamente il numero del Mister, in modo che possa segnarlo senza errori.

– È molto importante. Fai piú in fretta che puoi. Mi spiace farti uscire di casa ma...

Stavolta sono le sue parole che bloccano le mie.

– Non devo uscire. Lo faccio al computer.

– Sei capace?

– Sí, mi ha insegnato mio figlio. Due minuti e ce l'hai.

– Fai cinquanta euro. Poi te li do.

– Non c'è problema.

– Ciao Rosa. Grazie di cuore.

– Fammi andare. Poi mi spiegherai tutto.

Riattacco e aspetto. Non posso fare altro.

Intanto penso a chi può sostituire il giocatore

infortunato. Giallonardo è un centrocampista con
una bella visione di gioco e con una buona precisione nei lanci lunghi. Non è molto veloce ma è
alto e solido in area di rigore.

Prendo in mano la formazione.

La scorro cercando un'ispirazione nell'elenco dei
giocatori in panchina. Mi chiedo che cosa avrebbe fatto Di Risio al posto mio. Mi rispondo subito
che non devo cercare di indovinare la scelta che
avrebbe fatto lui, ma capire quella che devo fare io.

E io decido di rischiare.

In quel momento una vibrazione nella tasca mi
conferma l'arrivo della ricarica.

Lo interpreto come un segno del destino. Spero
che oggi il mio non sia quello di uno che lo prende nel culo e di conseguenza piega a novanta gradi
anche qualche decina di migliaia di tifosi. Apro il
telefono e scrivo l'sms.

>   Fai entrare Zinetti.
>   Mettigli di fianco Ventura.
>   E sposta Augusto sulla fascia.

Sono certo che a Gentile verrà un colpo quando leggerà il messaggio. Pure al presidente e a tutti
gli altri. Roberto, seduto in panchina, comincerà
a chiedersi che cosa sta andando storto. In campo
succederà la rivoluzione quando vedranno entrare al posto del Grinta un ragazzo giovane e poco
esperto, ma dotato di un grande talento che aspetta solo l'occasione giusta per esplodere.

Io lo so. Oggi è il momento di vedere se lo sa
anche lui.

Per sicurezza mando al mio vice un altro messaggio. Mentre premo l'invio mi viene da sorridere. Dentro di me, ho definito Gentile il mio vice. Forse mi sto montando la testa. O forse l'ho persa definitivamente. Magari tutto questo è solo un sogno e mi sveglierò in un ospizio distrutto dall'Alzheimer.

Il messaggio parte per il suo tragitto. È buffo pensare che deve fare andata e ritorno fino a un satellite sospeso a decine di chilometri per percorrere in realtà pochi metri.

Fa' come ti ho detto!!!

Credo che tre punti esclamativi bastino per sottolineare che non è un consiglio ma un ordine. Rimetto il telefono in tasca. Mentre procedo verso il tunnel per tornare in campo, dall'ingresso principale spunta Mino Carrara. È un giornalista sportivo che scrive su un quotidiano nazionale ma che collabora anche con testate locali. Quindi non dovrebbe essere qui. Ai giornalisti non è concesso l'ingresso negli spogliatoi prima o durante la partita a meno che non siano espressamente invitati. Hanno la loro zona per le interviste alla fine della gara. Ma se Carrara si è dato da fare per arrivare fin qui, sono sicuro che è per portare grane.

È il tipo di giornalista a cui piace fare sensazione, a volte romanzando un poco le cose, a volte inventandole di sana pianta. Tutti si chiedono perché si occupi di sport e non di gossip. A inizio stagione, dopo l'allenamento, il Mister faceva fermare una ventina di minuti in più Roberto e Zinetti per dare al ragazzo lezioni di tattica. Provavano delle azioni su calcio d'angolo e a seconda della posizione ognuno dei due doveva raggiungere il primo o il secondo palo. Di conseguenza era logico che uscissero dopo gli altri. Carrara se n'è accorto e ha chiesto il motivo. Che non gli è stato comunicato, per difendere Zinetti da accuse di inesperienza e per dargli la sensazione di essere protetto all'interno della squadra.

Il giorno dopo, a firma di Carrara, sulla pagina della Serie B dedicata alla nostra squadra c'era un articolo con un titolo grande come la sua testa di cazzo, nel quale accusava Di Risio di sottoporre mio figlio e il ragazzo a carichi di lavoro massacranti. Non mi piace come persona e non mi piace che sia qui.

Mi avvicino.

È un tipo piú o meno alto come me, con degli occhiali di plastica trasparente con le stanghette rosse. Dietro le lenti gli occhi paiono non esistere, talmente sono infossati. Ha la pancia e i capillari esplosi sul naso di chi ama troppo il vino e la carne. E l'espressione avida di chi ama troppo i soldi.

– Lei non può stare qui.

Carrara cerca di minimizzare la sua presenza negli spogliatoi con un gesto delle mani.

E con un sorriso che sa di falso come il cavallo di Troia.

– Sí, lo so. Un minuto e me ne vado.

Mi piacerebbe riservargli lo stesso trattamento del tipo nel magazzino, poco fa. Ci ho ripreso gusto. Ma non posso, anche se diventerei un eroe fra i giocatori e i tifosi.

In quel momento dal campo arriva un boato.

Deve essere entrato Zinetti e il pubblico ha manifestato in quel modo il suo dissenso. Dagli spalti si leva e arriva distinto fino a qui un coro ritmico e cadenzato.

– *Grin-ta! Grin-ta! Grin-ta!*

Vorrei essere di fianco a quel ragazzo e dirgli che può diventare un grande e che il percorso per lui inizia oggi in questo stadio. Spero che rimanga freddo e che si renda conto in fretta che nessuno in campo gli è superiore, nemmeno il grande Roberto Masoero.

Carrara ascolta in silenzio e poi mi sorride di nuovo.

– C'è un poco di casino sulla panchina, questo pomeriggio.

Lo guardo in silenzio e aspetto il seguito, che c'è di sicuro. E infatti, puntuale, arriva.

– Proprio di questo vorrei parlare con lei.

Io sto friggendo sulla sedia elettrica ma lui non se ne accorge. Prosegue dritto per la sua strada, che in questo caso prevede un giro vizioso prima di arrivare al punto.

– Sappiamo tutti e due quanto è dura la vita oggi.

Infila una mano nella tasca della giacca e quando la tira fuori fra le sue dita ci sono tre banconote da cento euro.

– Se per caso lei potesse lasciarsi sfuggire qualche parola su cosa sta succedendo oggi a questa squadra, i soldi che…

Mi metto a ridere. Questo povero viscido idiota sta parlando con una persona che potrebbe dargli il piú grosso scoop della sua vita, una notizia che vale molto di piú dei suoi trecento miserabili euro.

Molto, molto di piú.

E lui non lo saprà mai.

Quando smetto di ridere, guardo i soldi nella sua mano come se fossero ricoperti da un sottile strato di merda. Poi guardo lui come se fosse ricoperto da un grosso strato di merda.

– Qui ci sono due alternative, amico mio.

– Vale a dire?

– Può mettere via i suoi soldi, girare i tacchi e andarsene. Oppure...

Una ruga si forma al centro della sua fronte.

– Oppure?

– Si leva gli occhiali e sta a vedere quello che succede.

– Lei non...

Lo blocco e rinforzo la dose.

– Se senza occhiali non riesce a vedere bene, dopo glielo racconto io.

Mi guarda. Sono solo un vecchio, ai suoi occhi. Una persona per la quale si può provare compassione piú che avere timore. Ma non può permettersi nessuna baruffa, non nella sua posizione. Qui non ci sono testimoni e qualunque cosa sarebbe la sua parola contro la mia. Senza contare che essere steso da un vecchio sarebbe una bella onta sul suo personalissimo cartellino, come dice un commentatore di boxe alla Tv.

Arretra di un paio di passi, sempre fissandomi negli occhi.

– So chi sei. Alla prima occasione ti rovino, Masoero. Te e tuo figlio.

– Allora in quel caso mi faranno comodo i suoi soldi. Torni che ne riparliamo.

Lui si volta e se ne va. Sparisce dietro l'angolo dal quale era arrivato. So che mi sono fatto un nemico ma ci penserò a tempo debito. Adesso devo cercare di portare a termine il compito che mi sono prefisso senza farmi scoprire. Io non ho il patentino da allenatore. Se si sapesse che in realtà ho diretto io la partita, il risultato potrebbe essere impugnato dalla squadra avversaria, in caso di esito a loro sfavorevole.

Percorro il tunnel e rientro in campo. Le due squadre sono ancora sullo zero a zero e il tifo sulle gradinate è alle stelle. Il pubblico ha dimenticato la protesta contro Zinetti, che proprio in questo momento sta facendo un lancio che arriva sulla testa di Scanavino come se fosse stato deposto con la mano.

La deviazione si perde di poco a lato del palo, sotto un mormorio di delusione dei presenti. Io mi avvicino alla panchina. Roberto gira la testa dalla mia parte, vedendomi arrivare. Ma la mia attenzione è concentrata sui movimenti dei giocatori in campo e i nostri sguardi non si incrociano.

Come le nostre vite, da ora in poi.

Mentre ripasso sotto le tribune, d'istinto alzo la testa verso il palco dove è seduto il presidente. La sorpresa è tale che riesco a stento a non ritrovarmi fermo con la bocca aperta.

Il posto di fianco a Ganzerli non è piú libero.

C'è seduto un ragazzo sulla trentina, con un giubbotto di tela e una camicia azzurra. Sulla testa ha un berretto da baseball degli Angels, con la calottina blu e la visiera rossa.

In quel momento, come una lacrima, sul mio viso cade una goccia di pioggia.

Quindicesimo

Quando i ragazzi rientrano per l'intervallo, sono bagnati fradici e hanno il muso lungo.

Il tempo e l'umore si sono guastati. La nuvola che da sola aveva accolto l'arrivo dell'elicottero, nel corso della partita ha ricevuto parecchie visite e poco dopo la mezz'ora del primo tempo ha cominciato a piovere. Un preavviso silenzioso, con nubi nere e quel senso di sta per succedere che solo i temporali possono creare prima di scatenarsi. Poi tuoni e fulmini e uno scroscio violento di pioggia, di quelli che fanno i campanelli nelle pozzanghere e devastano i tulipani.

Gli spettatori protetti dalle tribune non hanno fatto una piega. Quelli sugli spalti, del tutto impreparati, hanno tirato le giacche sulla testa e sono rimasti al loro posto. Gli altri, quelli che la giacca non ce l'avevano, hanno tirato delle madonne e sono rimasti al loro posto nello stesso modo.

Un temporale immobile, senza vento, come se qualcuno avesse voluto farlo cadere lí e non altrove. Un segno di interesse o disinteresse del cielo per le sorti di due squadre di provincia, tese a mescolare sudore e pioggia su un rettangolo verde e a inseguire sotto l'acqua il loro sogno per conto terzi.

Io mi sono messo al riparo della pensilina, di fianco ai giocatori. Liborio e Andrea sono andati a prendere delle giacche impermeabili leggere e le hanno distribuite ai componenti della squadra e dello staff presenti in campo. Poi sono andati a seguire il gioco da sotto il tunnel, pronti a un mio segnale se ci fosse stato bisogno di loro. Sentivo la presenza di Roberto alla mia sinistra, sentivo l'ansia dei calciatori che seguivano il gioco, sentivo i segnali di incitamento che arrivavano dalle tribune.

Ma soprattutto sentivo il mio senso di colpa per quello che stava succedendo, per l'avventura in cui mi ero cacciato, per il sacco legato sopra la testa in cui mi aveva infilato mio figlio e nel quale potevo muovermi solo a tentoni. Col timore che ogni scelta fosse quella sbagliata, che ogni indicazione data a Gentile avesse come risultato il suo esatto contrario.

A tre minuti dalla fine è successo.

La squadra avversaria, dopo una nostra azione che ha sfiorato il gol, ha recuperato la palla ed è partita in un contropiede velocissimo. Erano tre contro tre. Il fraseggio fra gli attaccanti è stato perfetto, di quelli che solo il caso o il talento possono costruire. Re, che avevo spostato alla sinistra, si è trovato accanto un uomo che stava per sfuggirgli, al limite dell'area grande. In quel modo l'avversario si sarebbe trovato davanti alla porta in una posizione perfetta per battere il portiere. E allora il terzino

angoscia?

intenzione?

ha allungato la gamba.

Un fallo tecnico, piú disperato che cattivo.

L'arbitro ha fischiato e solo il fatto che Re non

fosse l'ultimo uomo gli ha evitato l'espulsione. Il giudice di gara è andato a consultare i guardalinee per verificare se il fallo fosse in area o meno. Non credo si siano messi del tutto d'accordo. In ogni caso è stata assegnata una punizione e non un rigore, cosa che ha fatto tirare a tutti un sospiro di sollievo.

La barriera è stata posizionata alla distanza prevista. Tamma, un centrocampista degli Altri specialista in calci piazzati, si è messo dietro il pallone, alla distanza che riteneva opportuna. Nell'aria c'era lo stesso senso di sta per succedere che anche i temporali sanno creare.

Poi l'arbitro ha fischiato.

Una rincorsa, un calcio, uno spruzzo di pioggia. La palla si è alzata e ha fatto una curva. Dal mio punto di vista l'ho osservata girare, lucida sotto l'acqua, i colori e il bianco che si confondevano alla vista per l'effetto impresso dal colpo ben calibrato. Ha girato per l'eternità finché in un secondo prescelto dal destino ha gonfiato la nostra rete. Una piccola parte dello stadio è esplosa. L'altra è rimasta muta e immobile sotto la pioggia, che continuava a cadere su persone cosí gelate da poterla trasformare in un sottile velo di ghiaccio.

Qualche minuto dopo un fischio ha segnato la fine del primo tempo.

Adesso, i giocatori sfilano per il corridoio, con quel rumore di tacchetti sul pavimento che ricorda le nacchere di certi suonatori di flamenco. Ma è un ritmo lento, desolato, senza nervo. Nessuno, qui, ha voglia di danzare. Eppure io so che fra di loro qualcuno finge, perché la partita sta andando esattamente come era stato deciso. Entrano in silenzio nello spogliatoio, dove Andrea inizia a distribuire tè caldo in bicchieri di plastica.

Gentile arriva proprio mentre la rabbia di Osvaldo Pizzoli esplode, interpretando il pensiero di quasi tutti i presenti. Si leva la maglia intrisa di pioggia, sporca di fango e d'erba e la sbatte contro il suo armadietto. Quel tessuto tecnico cade a terra con un rumore di straccio bagnato.

– Insomma, ma che cazzo sta succedendo oggi? Dov'è il Mister? Perché Roberto e Bernini non giocano?

Gentile si avvicina, sentendosi in automatico chiamato in causa, quando è stata pronunciata la parola Mister. Però non riesce a togliere dalla sua voce una nota di incertezza.

– Non so dove sia Di Risio. Non so nemmeno perché non sia sul campo. Ma sono in contatto telefonico con lui e vi posso garantire che tutte le scelte sono opera sua.

Roberto si alza e va vicino a Pizzoli, in segno di solidarietà.

– Però adesso io voglio giocare. La dobbiamo vincere questa partita.

Anche Bernini lo raggiunge.

– E voglio giocare anche io.

Poi si rivolge a Della Favera, il portiere che ha incassato un gol senza averne colpa, perché le colpe le ho tutte io.

– Scusa Piero, ma quella palla l'avrebbe presa anche uno con un braccio solo.

Il portiere in seconda si alza di scatto, con aria minacciosa, bloccato a stento da Carbone. Da quel

momento in poi è una baraonda di commenti che
si incrociano, frasi subito troncate da altre frasi,
pareri subito stroncati da altri pareri, gesti d'ira,
malcontento, rabbia e frustrazione.

E un numero infinito di vaffanculo.

– Ragazzi, che succede?

La voce arriva forte e chiara dalla porta. Tutti si zittiscono e si girano in quella direzione.
Nel riquadro c'è Martinazzoli, qualche goccia di
pioggia sulla giacca, i capelli in perfetto ordine,
come sempre.

Pizzoli, in qualità di capitano, si fa portavoce
dello scontento generale.

– Presidente, noi non ci stiamo capendo piú
niente. Qui è tutto un casino. Perché la dobbiamo
perdere questa partita?

Con il suo modo di fare accattivante, calmo e
tranquillo, Martinazzoli raggiunge il centro della
stanza. Inizia a parlare ai presenti con quel tono
di voce che ha il potere di raggiungere chi gli sta
di fronte come se gli stesse parlando direttamen-
te nella testa.

– Ragazzi, la situazione è sotto controllo. Siamo
in contatto col Mister, che ha e continua ad avere tutta la mia fiducia. Ci ha portato fino a qui e
non sono disposto a credere che sia impazzito di
colpo. Ora calmatevi, rilassatevi e mettetevi dei
vestiti asciutti. Poi torniamo in campo sereni. Ci
sono ancora quarantacinque minuti da giocare e
possiamo portare a casa questa benedetta partita.

Io ho seguito questo discorso dal corridoio. Il discorso di un uomo tranquillo che i suoi obiettivi saranno centrati. E di colpo mi viene un'intuizione,

feroce e limpida. È un pensiero assurdo ma cosí violento che sono costretto ad appoggiarmi al muro. Mi sento tanto pesante che ho timore che non mi sorregga. Mi sposto in bagno e tiro fuori il cellulare che per tutto questo tempo mi ha calato in altri panni. Lo apro, seleziono e scrivo.

> So tutto. Di' a Masoero e agli altri che l'affare è saltato. Digli che giochino questa maledetta partita per vincere e non per perdere.

Poi premo l'invio al numero del presidente. Passa un minuto che sembra eterno. Poi il telefono nella mia mano vibra. Sullo schermo c'è un messaggio. Poche parole che mi dicono che l'astuzia dell'uomo dall'altra parte non è solo leggenda. E che la sua rabbia è altrettanto reale.

> Chi cazzo sei?

Mi viene da stringere le mascelle. Non ho mai odiato gli avversari che mi sono trovato ad affrontare sul ring. Erano uomini che rispettavo, anche se me li trovavo davanti intenzionati a riempirmi di cazzotti. Adesso invece sento di odiare quest'uomo. Non so per che motivo ha messo in piedi tutta questa macchinazione. Se per avidità, malvagità, stupidità. L'unica cosa che so è che appartiene a un mondo di corrotti e corruttori che è giusto far finire fra le fiamme dell'inferno.

E che è giusto, una volta tanto, che se lo prendano loro nel culo pure in questa vita.

Premo i tasti cosí forte che ho paura che mi si rompa il telefono in mano.

> Sono uno che può evitarti di finire in galera. Se fai come dico ci rimetterai solo dei soldi. Altrimenti...

Quei puntini di sospensione mi paiono abbastanza minacciosi ed evocativi persino per uno tosto come Martinazzoli. Per confermargli che non sto bluffando, gli mando un altro messaggio.

> Se sei d'accordo, appena entri in campo metti in testa il berretto blu e rosso del tuo amico.

Mando il messaggio con un senso di liberazione che quasi mi fa girare la testa, come se fossi in eccesso di ossigeno. Sono certo che il presidente starà maledicendomi con tutta la fantasia di cui dispone. Io me ne sto fregando con tutta l'assenza di pietà a cui ho diritto in questo momento. L'unica cosa che devo ancora fare è scrivere un altro sms. Trovo nell'agenda del Mister il numero che sapevo avrei trovato e digito il messaggio.

Poi invio anche questo.

Esco dal bagno e rientro nello spogliatoio. Buona parte dei giocatori sono già nel tunnel, pronti a entrare. Si mescolano a quelli dell'altra squadra, molti dei quali sono stati o saranno loro compagni in futuro. Potrebbe essere un momento bello di sport e di vita, se non ci fossero in giro certe iene che vogliono sia uccidere il calcio che spolparne il cadavere.

Roberto si è attardato e sta finendo di infilarsi una maglia pulita. Quando la testa sbuca dallo scollo, mi trova al suo fianco. C'è sorpresa, ma non quella che mi attendevo. Mio figlio non è uno stupido e credo che sia anche una persona intelligente, nonostante la cazzata in cui si trova invischiato. Mi ha visto muovermi avanti e indietro, ha notato l'espressione che mi sto portando in giro e non ha la coscienza tranquilla. Inoltre il suo presidente deve avergli parlato e sa che tutto è sfumato dietro l'ombra incombente di un furgone cellulare, insieme alla visione di trenta milioni di euro.

Lo guardo negli occhi e stavolta la debolezza è la sua. Non nello sguardo ma nelle parole e nel tono della voce.

– Che sta succedendo, papà?

Gli indico l'armadietto.

– Accendi il telefono.

Lui mi guarda stupito. Poi allunga una mano, apre lo sportello, prende dalla tasca della giacca il suo cellulare e lo guarda. Sullo schermo c'è l'avviso di un messaggio appena arrivato. Preme l'icona corrispondente e il display rivela la sua provenienza. Nel riquadro luminoso c'è scritto DI RISIO.

Roberto lo apre, lo legge e subito dopo gira la testa di scatto verso di me.

– Ma...

Gli volto le spalle e me ne vado. Lo lascio in sospeso a chiedersi cosa significano quelle poche parole e che cosa possono avere significato per tutto questo tempo.

Stanne fuori, Grinta.

Poco dopo esco dal tunnel ed entro in campo.
All'esterno ha smesso di piovere e ci sono di nuovo larghi pezzi d'azzurro fra le nubi. Ma la cosa
che mi interessa è un'altra. Alzo la testa verso le
tribune e cerco con lo sguardo Martinazzoli. Non
ho dubbi su quello che vedrò. Sono certo di avergli
fatto una di quelle offerte, come si dice, che non si
possono rifiutare. Ma è con un senso di trionfo che
mi rendo conto di avergli inflitto, davanti a tutti,
l'umiliazione di indossare un cappello da baseball
con la calotta blu e la visiera rossa che non si into-
na per niente al suo vestito.

Con quel berretto in testa sembra quello che è.
Un coglione.

Sedicesimo

L'addetto al cancello mi apre il battente e permette alla monovolume che guido di uscire. Mi osserva sfilare con un sorriso beato, facendo con una mano stretta a pugno e il braccio piegato un gesto di trionfo. Nel piazzale dello stadio la festa non accenna a placarsi. I tifosi sono impazziti e hanno invaso il campo subito dopo il fischio che ha segnato la fine dell'incontro. Sembravano locuste affamate che si avventavano sul grano. Ora i festeggiamenti proseguiranno per le vie cittadine per tutta la notte e oltre, con clacson, rumore di motorini, trombe e bandiere spiegate.

Ormai quello che è successo lo hanno visto tutti. E con gli occhi di tutti fissi in campo, chi vuoi che si accorgesse di me, mentre mandavo un messaggio a Gentile con un cellulare che usavo per l'ultima volta.

Fuori Della Favera e Fassi. Fai entrare Masoero e Bernini. Digli che giochino come sanno fare.

Roberto e il portiere si sono riscaldati e sono entrati in campo con la timidezza della prima volta, accolti da un'ovazione generale. Poi sono stati grandi, insieme a tutti gli altri. Mio figlio è ritornato il Grinta. La sua presenza in campo è stata galvanizzante per i suoi compagni e lui è subito diventato il punto di riferimento che tutti si aspettavano.

Abbiamo vinto tre a uno, soffocando nel secondo tempo la squadra avversaria, ridotta nella sua metà campo senza avere in pratica la capacità di uscirne, salvo pochi sporadici tentativi di contropiede stroncati senza pietà dalla nostra difesa. Il Grinta ha segnato il gol del pareggio, poi Zinetti, il mio protetto, ha messo a segno una doppietta che stasera sarà esaltata in ogni telegiornale e trasmissione sportiva e domani su ogni quotidiano.

Negli spogliatoi, dove i giocatori si sono rifugiati di corsa per evitare di essere fatti a pezzi dai tifosi in visibilio, è scoppiato un casino mai visto. Roberto è stato portato in trionfo, passato di spalla in spalla come fosse il feretro di un resuscitato. Quando lo hanno messo a terra, dopo abbracci e strette di mano e pacche sulle spalle, mi ha cercato con lo sguardo.

Io ero in fondo al corridoio, davanti alla porta della stanza in cui Sandro Di Risio mi era spirato fra le braccia. Quando hanno visto che stava venendo verso di me, gli altri lo hanno lasciato andare, per rispetto di quello che si presentava agli occhi di tutti come un legittimo momento intimo.

Roberto è arrivato davanti a me. I suoi tacchetti sul pavimento erano ognuno un battito del cuore. Ci siamo guardati. Questa volta non era una storia di forza o debolezza, solo una faccenda fra uomini.

Anzi, molto di piú.

Una faccenda fra padre e figlio.

– Sei stato grande, in campo.

– Tu sei stato grande. Non saprò mai in che modo, ma so che lo sei stato.

Io sono un vecchio rincoglionito, perché in quel momento mi si sono inumiditi gli occhi e nella gola avevo qualcosa che sapeva di ferro e sembrava fatto di gomma.

Gli ho teso la mano.

Lui l'ha ignorata e mi ha abbracciato, stringendomi con una forza che ero certo avesse.

La sua voce smorzata mi ha sussurrato all'orecchio le piú belle parole che ho sentito nella mia vita.

– Grazie, Silver.

Io mi sono sciolto dall'abbraccio e gli ho indicato la folla festante, cosí aggrovigliata da sembrare un unico individuo. Si era aggiunto anche il presidente, costretto a festeggiare suo malgrado una vittoria che per lui significava una sconfitta e la perdita di chissà quanti milioni.

– Vai, è il tuo giorno.

– No, è il tuo giorno. Tu e io lo sappiamo e questo basta.

Poi mi ha girato le spalle e ha raggiunto gli altri. Io ho fatto quello che dovevo fare. Sono entrato nello spogliatoio di Di Risio, ho raggiunto il bagno e ho aperto la porta di comunicazione con la chiave che avevo ancora in tasca. Sono entrato nel magazzino e l'ho richiusa. Sono salito sopra, dove il Mister era appoggiato a terra come se fosse stato colto da malore mentre era in piedi davanti alla vetrata. Mi sono chinato, gli ho infilato la chiave in tasca e gli ho appoggiato il telefono accanto. Mi sono rialzato

e sono rimasto un istante a guardarlo, poi ho detto
le sole parole che mi sono venute in mente.

– Abbiamo vinto, Mister.

Mentre scendevo le scale, mi sono detto che,
d'istinto, forse avevo pronunciato l'elogio funebre che Sandro Di Risio avrebbe preferito sopra ogni altro al mondo. Da basso, ho aperto la
porta del magazzino con la mia serie di chiavi e
ho raggiunto il mio mezzo senza che nessuno mi
notasse. Me ne sono andato, lasciandomi lo stadio alle spalle. Domani mattina, quando quelli
dell'impresa troveranno il corpo dell'allenatore,
avrà il riconoscimento che merita. Tutti sapran-
no quello che ha fatto. Nonostante non stesse
bene, nonostante un attacco di cuore che infine
lo ha portato alla morte, ha guidato la sua squadra alla vittoria.

Un uomo che avrà la gloria che si merita.

Prendo finalmente il mio telefono dal taschino
e compongo il numero di Rosa. Risponde al primo squillo.

– Dimmi, Silvano.

– Lo sai?

– E come non potrei? Ho seguito la radiocrona-
ca su Manila Sound. Sei contento?

*Sí, sono contento, Rosa. Non puoi nemmeno im-
maginare quanto...*

– Molto. Moltissimo. E per festeggiare ho una
proposta.

Rosa pare incuriosita dal mio tono allusivo.

– Che proposta?

– Che ne dici se vengo da te a fare la *Ghigliottina*?
Dall'altra parte c'è un attimo di silenzio. Poi mi

arriva una voce calma e dolce, una voce che ha un
accenno di sorriso, dentro.

– La trasmissione è finita, Silver.

– Ci sono le repliche, credo.

– Va bene, vieni.

– Fra due minuti sono da te.

Riattacco e accendo la radio. Cerco una stazione che trasmette musica. Per qualche giorno, basta calcio. La voce del cantante di un gruppo degli
anni '70, i Panda, esce dalle casse e mi comunica
che ha voglia di morire.

Io, da ora, non piú.

Sono contento che Rosa abiti vicino allo stadio.
A quest'ora tutte le strade saranno intasate di gente
in delirio. Non avrei voglia e pazienza di districarmi nel traffico. In cinque minuti d'orologio sono
sotto la casa della mia cameriera preferita.

Parcheggio e scendo dalla macchina. Arrivo al
citofono e premo il pulsante in corrispondenza del
nome. La voce di Rosa esce dall'apparecchio sfi-
lacciata dalla scarsa qualità del cavo.

– Sí?

– Sono io, Rosa.

– Terzo piano.

Sento lo scatto della serratura, spingo il battente ed entro. L'atrio è quello di un palazzo abitato
da gente che lavora, famiglie con due stipendi e tre
figli, donne anziane che vivono della pensione del
marito, visitate ogni tanto dai nipoti. Nell'aria c'è
odore di cera e incenso da chiesa.

Su, in alto, sento abbaiare un cane.

Entro nell'ascensore, che sta al piano. Oggi è
proprio una giornata fortunata. Premo il pulsante

contrassegnato col numero tre. Le porte si chiudo-
no e la cabina si mette lentamente in moto. Sono
un poco nervoso. Da quando Elena è morta, non
ho piú fatto l'amore con una donna. Non che non
ne sentissi il bisogno, anzi. Ma non sono il tipo che
va in giro per le balere a rimorchiare e le prostitute
non fanno al caso mio.

Mi chiedo se Rosa....

La cabina si ferma al terzo piano con un leggero
sobbalzo. Le porte si aprono, cigolando un poco.
Spingo la porta e Rosa è sul pianerottolo che mi
attende. È vestita con una maglietta e un paio di
jeans e ha un aspetto splendido. O forse sono io
che la vedo cosí. In effetti, non mi pongo il problema. Il risultato è quello che conta e questa donna mi piace.

Lei mi apre la porta. Sorride e ha occhi vivi.

– Il padre del Grinta a casa mia. Che onore.

Si fa da parte per farmi entrare. Io le passo accanto e sento il suo profumo. Sa di spezie e ambra,
è delicato e gentile, come lei. Un buon profumo per
una buona pelle.

– È permesso?

– Vieni, vieni.

Mi fa strada e la seguo in casa sua, una casa viva,
odorosa di pulito e di donna. I mobili sono modesti
ma scelti con gusto e i colori sono accostati in maniera impeccabile. Rosa fa la cameriera part-time,
un poco per arrotondare e un poco per amicizia con
i Rué. In realtà lavora presso uno studio notarile
come segretaria e adesso, dopo molto tribolare, se
la cava abbastanza bene.

Mi fa accomodare in un salotto dove riconosco lo

stesso divano che c'era nello spogliatoio del Mister,
questa volta ambientato in maniera decisamente
migliore. Di fronte c'è un televisore, incastrato in
una libreria di legno e vetro acidato. Sugli scaffali
cose solite ma disposte in ordine perfetto.

Libri, foto, soprammobili.

– È carino qui.

– Vivibile. Io ci sto bene.

La risposta e il tono di voce mi paiono sottinten-
dere un pensiero. Che le piacerebbe che ci stessi
bene anche io. Ma forse è l'euforia per la partita
vinta e tutto il resto che mi fanno trovare signifi-
cati che non ci sono.

– Vuoi qualcosa da bere?

La guardo e le sorrido. Non provo imbarazzo.
Tutto mi sembra naturale, come se non fosse la
prima volta che vengo qui.

– Quello che vuoi, basta che sia liquido e fresco.

Lei fa una faccia complice, come la sua voce.

– Senti, ho una bottiglia di vino nel frigo. Bianco e gelato. Che ne dici se ce la scoppiamo in onore della squadra?

Mi stringo nelle spalle.

– Va bene. Tanto lo so che è inutile opporsi alla
volontà delle donne.

– Aspettami qui. Siediti, intanto.

Rosa si allontana nel corridoio, diretta verso la
cucina. Io resto da solo e mi avvicino alla libreria,
curioso di vedere che cosa legge Rosa. I libri sono
di autori importanti, romanzi che hanno fatto la
storia. Mi impressiona il fatto che non ci sia nemmeno un thriller.

Poi mi avvicino a una cornice che scontorna una

foto a colori. In piedi, in quello che pare un aeroporto, ci sono due persone. Una è Rosa e l'altro è un giovanotto sui trent'anni, che le tiene un braccio sulle spalle.

Sorridono tutti e due.

Mi arriva addosso una cosa fredda e scura e per un istante mi sembra che tutta la stanza sia piena di ombre e gelo. Perché io conosco quel ragazzo. L'ho visto due volte nella mia vita e ogni volta indossava un berretto blu e rosso.

– È Lorenzo, mio figlio.

La voce di Rosa arriva alle mie spalle e mi obbliga a voltarmi. La trovo sulla porta con un vassoio in mano dove stanno appoggiati una bottiglia e due bicchieri.

– La foto l'abbiamo fatta una volta che sono andata a trovarlo a Londra.

Raggiunge il tavolino davanti al divano e appoggia il vassoio. Io non mi sono ancora ripreso. Sul mio viso c'è una traccia di quello che ho appena scoperto, è impossibile che non ci sia. Rosa è una donna sensibile e se ne accorge subito.

– Silvano, c'è qualcosa che non va?

Mi piace il mio nome pronunciato da lei.

– Niente. Il crollo degli zuccheri, credo. Troppa tensione finita tutta di colpo.

Mi avvicino e mi siedo sul divano, accanto a Rosa, che sta trafficando col cavatappi per aprire il vino. Mi appoggio allo schienale e lancio un altro sguardo alla foto sulla libreria. Adesso tutto è andato al suo posto. Ogni particolare, ogni dettaglio, ogni ruolo. Forse il biglietto che avevo trovato nella spazzatura aveva un mittente diverso.

La *L.* della firma forse non stava per Luciano ma per Lorenzo. In ogni caso adesso non ha piú importanza. Spero che anche quel ragazzo, come mio figlio, abbia imparato la lezione. In futuro, se le cose andranno come spero, ci sarà modo di parlargliene di persona.

In ogni caso Rosa non dovrà sapere nulla. Mai.

– Ecco qua. Il miglior bianco dei Rué.

La voce accompagna il gesto con cui Rosa mi tende il bicchiere. Lo prendo con delicatezza, sentendo il freddo del vetro, umido di condensa sotto la mano. Lei prende il suo e lo tende verso di me.

– Alla vittoria.

Tocco il suo bicchiere e aggiungo la mia metà del brindisi.

– Ai figli.

Rosa si accomoda meglio sul divano. Ora siamo spalla contro spalla a sorseggiare un buon vino. Penso che ognuno di noi due, a suo modo, se lo sia meritato.

Mi allungo e prendo il telecomando dal tavolino.

– Sei pronta? Oggi vinco io.

Lei sorride.

– Vedremo…

Allora alzo la mano e accendo il televisore.

Ringraziamenti.

Senza altro conforto che la mia incoscienza, ho deciso di scrivere una storia su uno degli argomenti di cui mi intendo di meno: il calcio. Per fare questo, impantanato nella palude viscida dell'ignoranza, ho chiesto aiuto a degli amici che possono vantare esperienze molto, molto superiori alle mie. Dunque grazie a:

Alex del Piero, campione indiscusso in campo e fuori, la cui amicizia è un fiore al mio occhiello. Se non fossi imprigionato nel corpo quasi obsoleto di un uomo sovrappeso, con un rimpianto di capelli sulla testa, una delle persone al mondo che mi piacerebbe essere è lui.

Alberto Zaccheroni, allenatore della Nazionale del Giappone e pluridecorato Mister in Italia, che ha avuto la seccatura di avermi come compagno di viaggio su un volo Milano-Tokyo. Ha accettato di buon grado le mie domande che sono state senz'altro meno acute e preparate delle sue risposte.

Franco Colomba, vecchio e caro amico ritrovato, che il tempo e la vita non hanno avuto la forza di cambiare e che si è rivelato la bella persona di sempre.

Fabio Ellena, Press and New Media Officer della Juventus, uomo multi-comunicante e multi-sopportante, che in parole povere vuole dire che si occupa dei rapporti con la stampa e con gli appiccicosi questuanti come me.

Daniele Boaglio, ex Team Manager della Juventus, braccato e fatto oggetto di piú d'un terzo grado. Scommettevo con me stesso quando mi avrebbe mandato a quel paese. Invece, essendo una persona squisita, mi ha fatto perdere la scommessa...

Dario Tosetti. Il giorno che la cortesia e la signorilità diventeranno una religione, lui sarà di certo oggetto di culto.

Cesare Savina, valente pediatra e amico di sempre, che mi ha ragguagliato su alcune pratiche mediche contenute in questo romanzo.

Marco e Andrea Capuzzo, per la consulenza calcistica e l'ispirazione. Con loro, ogni volta, ho la prova della veridicità del detto latino *talis pater, talis filius*. Infatti sono tutti e due persone davvero in gamba.

Lo staff di lavoro presso Einaudi era per me del tutto nuovo, un viaggio verso terre sconosciute. Ecco chi ho trovato quando ci sono sbarcato:

L'annoverato Severino Cesari, il cui nome evoca i fasti dell'antica Roma. Nella mia mente, infatti, coperto di pepli, siede giustamente al senato degli editor.

L'elettrizzato Paolo Repetti, che per seguire il corso estivo di questo libro ha rinunciato a una vacanza nel suo posto preferito: una scatola con la molla...

L'investigativa Francesca Magnanti, che ha seguito passo dopo passo le tracce della mia narrazione, disinnescando tutte le trappole che io, senza saperlo, ci avevo piazzato.

L'evocativo Riccardo Falcinelli che, quando ho bussato, non solo mi ha spalancato la porta ma l'ha addirittura fatta diventare una copertina.

L'aleggiante Paola Novarese, portatrice di luce, la Florence Nightingale degli uffici stampa.

A parte, come un pellegrino alle pendici dell'Olimpo, ringrazio il tonante Alessandro Dalai e il marziale Ricky Cavallero, che mi hanno concesso questa vacanza.

Concludo con un piccolo enigma. Ringrazio PGN e R. che fanno parte del mio lavoro e della mia vita. A voi scoprire chi sono. Loro lo sanno di sicuro.

Dicono che quando si finisce di leggere un buon libro è come dire addio a un amico che parte. Io ho provato, a torto o a ragione, la stessa cosa quando ho finito di scrivere questo romanzo. Mi sono impegnato a fondo perché fosse un buon lavoro.

Se ci sono riuscito, è merito anche delle persone che ho ringraziato.

Se non ci sono riuscito, è solo colpa mia.

Indice

Questo libro è stampato su carta certificata FSC
e con fibre provenienti da altre fonti controllate.

MISTO
Carta da fonti gestite
in maniera responsabile
FSC® C018290

Stampato per conto della Casa editrice Einaudi
presso Mondadori Printing S.p.a., Stabilimento N. S. M., Cles (Trento)
nel mese di ottobre 2011

C.L. 20425

Edizione   Anno

1 2 3 4 5 6 7   2011 2012 2013 2014